クズに金貨と花冠を
ひとりぼっちの最強少女は
自称悪徳商人に拾われ
幸せになる
もちもち物質
illustration/高嶋しょあ
ネール
推定十歳ほどの少女。
戦闘能力等を買われて
ランヴァルドと旅をすることに。
無知で無垢。強くて健気。
笑顔が殊更カワイイ。
ランヴァルド・
マグナス
自称悪徳商人。
金のためなら何でもする、と言いつつ
良心は捨てきれないようで――?

「これでよし。
ああ、あんまり触るなよ。
崩れるからな」
ネールの側頭部の髪を一房掬い取って編み、
くるりと巻いて、ピンで留める。
少し形を整えてやれば……金髪でできた花が、
ネールの側頭部に咲いた。
ネールは鏡を覗き込んでは頬を紅潮させ、
目を輝かせた。

ヘルガ・
アペルグレーン
中央部の都市ハイゼオーサの宿
『林檎の庭』の看板娘。

バキン、と、水晶が鋭く割れ砕ける音が響いた。
ネールのナイフはゴーレムの肩関節を寸分違わず破壊していた。

クズに金貨と花冠を

ひとりぼっちの最強少女は自称悪徳商人に拾われ幸せになる

もちもち物質

illustration/ 高嶋しょあ

1

Gold coins and a flower crown for the jerk

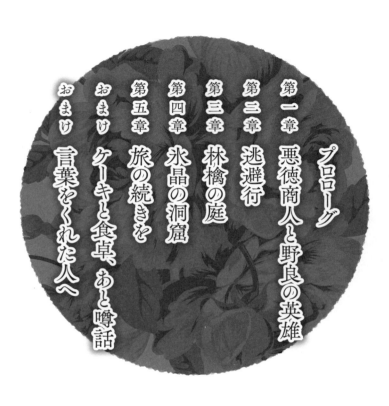

プロローグ

「親父《おやじ》。それ一つくれ」

星空の下、祭りの人混みの中を悠々と進んで屋台の店主に小銭を渡せば、小さな焼き菓子を小さな紙袋にざっくりと掬《すく》い入れて渡してくれた。

礼を言って屋台を離れてから、ランヴァルドは自分の片手をずっと握っている小さな手の持ち主に『ほらよ』と焼き菓子の袋を渡してやる。だが、少女のもう片方の手には、ここまでで買ってきた他の菓子やらなにやらがもう二、三あり、袋を抱えるのに難儀している。

なら俺の手を離せばいいんじゃないか、と思うランヴァルドだったが、どうも、彼女はそうしたくない様子である。仕方がない。ランヴァルドはいくらか持つのを手伝ってやって、広場の片隅のベンチへ向かった。

ベンチに腰を下ろすと、ランヴァルドの隣に座った少女はわくわくと、先程の紙袋を開け始めた。そうして中の焼き菓子をつまむと口に入れ……これまた随分と幸せそうな顔をするのだ。

ランヴァルドはしばらく、幸せそうな少女の横顔を眺めていた。祭りの篝火《かがりび》に輝く金髪は、昼下がりの陽光か、はたまた豊穣《ほうじょう》の麦畑か。そしてその瞳が美しい海色をしていることを、ランヴァルドはよく知っている。

……だが、彼女が一度戦い始めれば、この髪が神々の放つ閃光《せんこう》のように見えることもまた、ランヴァルドは知っている。敵を見据える瞳が、何より冷たい氷のように見えることも。『救国の英雄』に相応《ふさわ》しい凜々《りり》しさと美しさ、そして恐ろしさを以《もっ》てして、彼女は敵を屠《ほふ》っていくのだ。

……だが今、こうして焼き菓子の甘さに口元を綻ばせる横顔を見ていると、どうにも『救国の英雄』には見えない。ただの、幸せそうな少女である。

「……他、気になるもの、あるか？」

ランヴァルドが少女にそう話しかければ、きょとん、とした顔で少女はランヴァルドを見上げた。そして、もじもじ、とした様子で、遠慮がちに首を横に振る。だが、ランヴァルドは少女に遠慮はさせない。そう決めている。

「この七日はお前にいくらでも付き合ってやるって約束だからな。遠慮はするなよ？　『救国の英雄』様なんだ。そのくらいのご褒美は、あってもいいだろ。……な。ネール」

ランヴァルドが苦笑を向ければ、少女ネールは、きょとん、とした後、表情を緩めて、ふや、と笑う。……やはり、英雄には見えない。

ネールがつまんで差し出してきた焼き菓子をランヴァルドも口にすれば、さくさくとした食感と香ばしさが美味《うま》かった。中央に載せられた木苺《きいちご》のジャムの甘酸っぱさが、中々いい。『美味いな』と言葉をかけてやれば、ネールはこくこくと頷《うなず》いて、また幸せそうに笑うのだ。

……ランヴァルドは、英雄になど到底見えないこの少女が英雄になってしまうまでのことを、順繰りに思い出していく。
それは即《すなわ》ち……ランヴァルドとネール、この二人の旅路の回顧に他ならない。

第一章 悪徳商人と野良の英雄

「っ」

その日、ランヴァルドは悪夢から目を覚ました。

鎧戸《よろいど》の隙間から朝陽《あさひ》が差し込む宿の一室。ベッドの上。ランヴァルドはぜえぜえと荒い呼吸を整えながら、『ああ、またあの時の夢か』と分かり切ったことを確認した。

……白いテーブルクロスと銀のカトラリーを汚す血。それを吐いた自分。倒れた先、大理石の床と、それから……。

この悪夢には慣れたものだ。慣れたはずだ。そしてこの男……『ランヴァルド・マグナス』と名乗る彼にとってこの悪夢は、自分の執念、そして復讐心《ふくしゅうしん》を燃やし続けるためにくべられる薪《まき》のようなものである。いっそ、歓迎したっていい。そう開き直って、ランヴァルドは寝台から抜け出す。

ランヴァルドは旅商人だ。なので、それなりにきちんと身づくろいをすることにしている。身なりが良ければ印象が良くなる。そして印象がいい方が騙《だま》しやすく、結果、儲《もう》かる。そういう訳だ。

動きやすくも多少品のいい服に着替える。少々癖がついていた黒髪には櫛《くし》を通す。髭《ひげ》は剃刀《かみそり》で剃《そ》る。鏡を見て仕上がりを確認していれば、自身の藍色の目と目が合った。

「……やっと、だ。やっとここまで来たんだ」

呟《つぶや》いて、ランヴァルドは鏡の中の自分に、にやりと笑った。

今日は絶好の取引日和……そして、ランヴァルドの執念が、ようやく実る日なのである。

「今年中に貴族位を買ってやるからな」

見てろよ、と、ランヴァルドは自身へとも神へとも……或《あ》いは、『自分の生家』へともつかない決意を胸に、宿を出た。

＊

「金貨五百枚だ。きっちり揃《そろ》えてきた。確認してくれ」

薄暗い店内。カウンターの上に置いた革袋が、じゃらり、と重い音を立てる。

「……よし、確かに。じゃ、これで取引成立だな」

馴染《なじ》みの店員と握手して、笑みを交わす。全財産を投じて購入した武器の数々は、急いでかき集めてもらった物の割に質がいい。これなら高く売れるだろう。

「なあ、マグナス。美味《うま》い話があるんだが、一枚噛《か》まないか？　上手《うま》くいきゃ金貨三十枚を山分けできる。だが、気難しい奴《やつ》を口説き落とさなきゃならねえんだ。あんたの力を借りたい」

そこへ、店員はにやりと笑って話を持ちかけてきた。……彼はランヴァルドの口の上手さや品を見定める目を頼って、こうして『美味い話』に誘ってくることが度々ある。

「悪いが、他を当たってくれ。今日中にもう、ここを発《た》たなきゃならない。北へ行くんだ」

だが、ランヴァルドは誘いを断った。大抵の誘いは受けるランヴァルドにしては、珍しいが……。

「北ぁ？……もしかして、あの武器全部、北に持ってくのかい？」

「ああ。丁度、北が荒れてんだよ」

……より美味い儲け話がある時に限っては、別なのである。


今年は殊更に寒い夏だった。南でも北でもそうだ。

冷夏は不作を生む。そして不作は飢餓や困窮を、飢餓や困窮は略奪を生む。……だからどの所領でも山賊や野盗が増えた。秩序を守るため、それぞれの町が、領主が、躍起になっている。

……だからこそ、ランヴァルドは笑っている。

「ほー。つまり、アレか。困ってるとこに武器を高値で売りつけよう、って魂胆か」

「そういうことだ。だから、全財産叩《はた》いて武器を買い付けに来た、ってわけさ」

冷夏に多くの領が苦しむ中だからこそ、売れるものがある。ランヴァルドはそうした商機を見逃さない。そして、良心的な価格で販売してやる気なんて、さらさら無い。北部のいくつかの領を巡って、足元を見た値段を吹っ掛けてやるつもりである。

「成程なあ。……しかし、こんだけ武器があると関所で大分もってかれそうだ。今、北の方じゃあ益々《ますます》税が上がってるって話は聞いてるぜ。これだと、いくらぐらい持ってかれるんだ？」

勿論《もちろん》、北部の領主達《たち》とて馬鹿ではない。ランヴァルドのような『悪徳商人』に私財を搾り取られないように、南から北に入ってくる武器や麦には高い関税を課していると聞く。

だが。

「税？　そんなものは無いさ」

ランヴァルドはそう言ってせせら笑う。そう。ランヴァルドは、北部の領主共に税金を捧《ささ》げてやるつもりはさらさら無かった。

「は？ってことはお前、脱税か？　なら関所を避けて北へ……ん!?　じゃあ、まさか、魔獣の森を抜けるつもりか!?」

「ご名答！」

そう。ランヴァルドはこれから、武器を密輸する。

関所を通らずに……その代わり、『魔獣の森』を抜けていくことで、北へ向かうのだ。

「護衛は付き合いの長い奴に紹介してもらった。ただでさえ、北に行けば略奪だらけだからな。どのみち、腕のいい護衛が必要だったんだ。その点、あいつの紹介なら大丈夫だろ」

「お前なあ、護衛を雇う金を税金として関所に納めるって考えにならねえのか？」

「ああ。今はこの数の武器にかかる税金より、真っ当な護衛五人分の賃金の方がよっぽど安いんだ」

「成程なぁ。毎度毎度、潔いまでの守銭奴っぷりなこって」

まるで悪びれる様子の無いランヴァルドの言葉に、店員は『やれやれ』と首を振った。

「……だが何も、こんな毎回毎回、危ない橋渡るような真似《まね》しなくたって。お前さんなら、いくらでも安全に稼げるだろうに」

ちら、と店員から心配そうな目を向けられて、ランヴァルドは当たり前のように笑う。

「ま、その時が来たら潔く破滅してやるさ」

＊

がたがた、と荷馬車が揺れる。ランヴァルドは御者台から注意深く周囲を見回して、野盗の類が居ないかどうか、時折確認していた。

……今日で、出発から三日。

ランヴァルドが全財産を叩いて買い付けた商品を積んだ荷馬車は、信頼できる筋から紹介してもらった護衛達と共に、いよいよ『魔獣の森』へ入ろうとしている。

「暗くなってきやがった。もしかするとこりゃ雨になるかもしれねえぜ？　なあ、マグナスの旦那」

「そうか？　俺の読みじゃ、このまま晴れるね」

「そうかい。ま、俺達は別になんだって構わねえけどな……」

護衛達と言葉を交わして、ランヴァルドは前方に見えてきた森……通称『魔獣の森』を睨《にら》む。

……『魔獣の森』は、いわば『魔力の多い土地』の一つである。

良質な魔石や薬草を生み出すが、同時に、狂暴な魔物をも生み出してしまう場所だ。欲深い者達が金目の物目当てに『魔獣の森』へ潜って、そして、命を落としていると聞く。

そんな場所を通るのは恐ろしいが、仕方ない。ランヴァルドは金のためなら、多少の危ない橋は渡るのだ。

「よし、マグナスの旦那。ここから先はもう、魔獣の森だ。覚悟はいいな？」

「ああ。頼りにしてる」

「……まあ、前払いで代金を貰《もら》ってるからな。しっかり働かせてもらうさ」

ランヴァルドは少しばかり緊張しながらも、『ま、北の連中に税金を吹っ掛けられないためだ』と覚悟を決めた。

魔獣の森へと踏み入れば、辺りは益々暗くなる。鬱蒼《うっそう》と茂る木々によって光が遮られるためだ。

その一方、光が碌《ろく》に入ってこないというのに、植物は随分と元気である。これも魔力の恩恵だろう。魔力の影響か、少々珍しいような薬草が所々に生えているのが見られた。これが『魔獣の森』

なのだ。踏み入ってすぐですら、こんなにも恩恵がある。

「……マグナスの旦那。あんた、魔獣の森は初めてか？」

「そうだな。話に聞いたことはあったし、ここの商品を取り扱ったこともあるが……実際に入るのは、初めてだ。俺は戦士じゃないし、馬鹿でもないんでね」

護衛に話しかけられて、ランヴァルドはそう答える。それもそのはず、ランヴァルドは、自分の身の程をよく弁《わきま》えているのだ。まあ……『戦うのには不向き』と。一方、如何様《いかよう》にも回る口先で切り抜けられる類の危機は望むところだ。つまり、適材適所、と。そういうことである。

「へえ、そうか。何だ、戦いには自信が無いのか？　剣を帯びてるってのに」

……護衛の目が、ランヴァルドのベルトに吊《つ》り下げてある剣を見つめる。ランヴァルドは然程《さほど》強くないが、この剣はずっと身に着けているものだ。

「まあそうだな。この剣も、飾りみたいなもんだ」

「飾りにしちゃ、中々の業物に見えるがなあ？」

「まあ、張れる見栄《みえ》は張っておくに限る」

適当に嘯《うそぶ》いて見せれば、護衛はすぐ、剣への興味を失った。……そうして、ランヴァルドは半ば無意識に、剣の鍔《つば》に刻まれた紋章を指でなぞる。

……樫《かし》に鷹《たか》。北部の、とある領地の紋章である。

やがて一行は、魔獣の森の中程までやってきた。

そろそろ、人ならざるものの気配も色濃い。ランヴァルドは肌に感じる魔力から、『ああ、それなりに近くに魔物が居るな』と察した。

尤《もっと》も、この馬車がすぐさま襲われるようなことは無いだろう。何せ、この馬車は魔除《まよ》けの香草を焚《た》いた煙で燻《いぶ》してある。魔物からしてみれば、襲うのに躊躇《ちゅうちょ》せざるを得ない相手、ということになるだろう。それ故か、幸いにしてまだ一度も、魔物とは出くわしていない。

「そろそろ半分くらいか?……もう少し速度を上げたいんだが、どうだ?」

常に命の危険がある場所である。できるだけ早く抜けてしまいたい。ランヴァルドが問えば、護衛達は顔を見合わせて頷《うなず》き合う。

「ああ、そうだな……」

「大体、半分くらいか……」

護衛達が、立ち止まる。それを見て、ランヴァルドは不審に思いつつも荷馬車を停《と》めた。

……だが。

「じゃ、ここでお別れってことにしようじゃねえか」

護衛達は、にや、と笑ってそう言ったのである。


瞬時に警戒したが、遅かった。

「なっ……」

しゃっ、と抜かれたナイフが迫り、ランヴァルドの右脚の腱《けん》を斬り裂いていく。

びしゃり、と飛び散った血に、馬が驚いて嘶《いなな》く。

ランヴァルドが最初に感じたものは、衝撃と熱。それから一瞬遅れて、激しい痛み。

どくどくと溢《あふ》れ出す血が、御者台を濡《ぬ》らした。だが、悲鳴は漏らさない。下手に声を上げれば、魔物に聞かれる。そして、手負いの獲物が居ると、魔物に知れたら……。

護衛はランヴァルドを御者台から蹴り落とす。地面に叩《たた》きつけられたランヴァルドが呻《うめ》いている間に、護衛はひらりと御者台へ飛び乗った。

「何の……つもりだ……！」

半ば答えの分かっている問いを投げかければ、護衛達はげたげたと笑った。

「何のつもり？　そんなの決まってるじゃねえか！　この積み荷は俺達が頂く。それだけだ！」

「あーあ。ランヴァルド・マグナスもこうなっちゃ、ざまあねえな」

ランヴァルドが目を見開いて見上げれば……そこには、にたり、と笑う護衛達の姿があった。

……付き合いの長い者に紹介してもらった護衛だ。前金で給金も十分に払った。ランヴァルドができる対策は、全てしていた。……だが、それでも、こうなる。

「この野郎……！」

「前金を貰ってるからな。とどめは刺さないでおいてやるよ。その代わり、ここで魔物の囮《おとり》をやってもらうぜ。そうすりゃ、俺達は安全にこの森を抜けられるだろうさ」

荷馬車が行ってしまった。馬に相当激しく鞭《むち》を入れているのか、馬の嘶きも蹄《ひづめ》の音も、すぐに遠ざかって聞こえなくなる。

……できることなら連中を追いかけて殺してやりたかったが、腱を斬られた脚ではそれも叶《かな》わない。そもそも、流れ出る血は確実にランヴァルドを死へと向かわせている。

そうして残されたランヴァルドは、脚の血を止めるべく、布で脚をきつく縛って、そして、治癒の魔法を使っていた。

……魔法を使える者はそう多くない。だが、ランヴァルドは多少、魔法を使うことができた。そのうちの一つがこの治癒の魔法である。

とはいえ、残念ながらそんなに立派なものでもない。……ランヴァルドが使える魔法は、あくまでも『多少』だ。血は中々止まらない。傷が深すぎるのだ。脚の腱はあまりにも容赦なく、ざっくりと深く、斬り裂かれていた。

「……くそ！」

ランヴァルドは青ざめた顔で、悪態を吐《つ》く。

全財産を奪われた。その上、手負いの状態で、魔獣の森に置き去りにされた。脚の腱をやられている。血が止まっても、もう、歩けない。最悪の状況だ。

血が流れ出て、体はどんどん冷えていくというのに、焦燥に頭が煮えるようだった。……ランヴァルドは生にしがみつこうと、必死に足掻《あが》く。『どうすれば生き延びられる？　どうすればこの状況を抜け出せる？』と必死に考えながら、己の限界を超えて魔法を使い続ける。

「絶対、生き延びて……やるからな……」

貧血と魔法による消耗とで、意識に霞《かすみ》が掛かってくる。だがランヴァルドは歯を食いしばって前を向く。

まだだ。こんなところでは終われない。こんなところで……復讐を終えるわけには、いかないのだ。

思い出すのは、あの日。テーブルクロスや銀のカトラリーを汚す血と、それを吐いた自分。倒れた先、大理石の床と……自分を見下ろす、家族の目。

だから死ねない。こんなところでは。何も成せないまま、死ぬわけにはいかない。

自分が死んで、笑う奴が居るから。

だが。

「……あ」

ふ、と差した影にランヴァルドは顔を上げて、絶望した。

そこには、血の香に惹《ひ》かれてやってきたらしい魔物の姿。

金剛羆《こんごうひぐま》。

その存在は、毛皮や爪、牙の美しさで知られている。だが同時に、多くの人間を殺す魔物としても、よく名が知られていた。

その金剛羆が、ランヴァルドの目の前に居る。……これからランヴァルドは、殺されるのだ。

「……くそ！」

ならばせめて、と剣を抜く。

ここで死ぬにしてもせめて、自分を殺す魔物の命を道連れにしてやろう、と。或いは、それが叶わずとも、生涯癒えない傷の一つくらいは、つけてやろうと。

淀《よど》み腐った悪徳商人に堕《お》ちたとしても、まだその程度の意地と……気高くあれ、と、多少の誇りは残っているのだ、と。

……だがそれ以上に、ただ、『死にたくない』と。


その時。

ぱっ、と血飛沫《ちしぶき》が飛んだ。そして金剛羆の巨体が傾《かし》ぐ。

……ランヴァルドは目を見開き、信じられないような気持ちでその光景を見ていた。

金剛羆はその首筋を、すぱり、と斬り裂かれていた。

そしてそれをやってのけたのは、木の上から躊躇なく、飛ぶようにやってきた……少女。

彼女はその手のナイフを握り直すと、続けて金剛羆の目玉をその奥の脳髄ごと、一気に刺し貫いたのだった。

「な……んだ、これは……」

あまりに呆気《あつけ》ない金剛羆の最期を見たランヴァルドが思わず声を洩《も》らすと、ふ、と振り向いた少女の、海色の瞳と目が合った。

少女はぽかん、としながらランヴァルドを見つめて、ぱち、と目を瞬《しばたた》く。

……そしてランヴァルドもまた、同じような顔をしていたのだった。

＊

ランヴァルドは、注意深く目の前の少女を観察する。

背中に届くくらいの髪は、恐らく金髪なのだろう。そして肌は元は滑らかに白いのだろうが……しかしどちらも、泥や血に汚れていて、色が判然としない。

体つきは、随分と小柄だ。年の頃は分からないが、体軀《たいく》だけで見れば、八つかそこらだろうか。いや、もしかしたら十を超えているのかもしれないが……南部人は北部の者よりも小柄だ。北部出身のランヴァルドには今一つ、南部人の子供の年齢が読めない。

少女の服装は……端的に言ってしまえば、浮浪児のそれであった。洗ってはいるらしいものの、古びてほつれて、落ちない血の染みをいくつも残している。あの恰好《かっこう》だと寒いのではないだろうか。……そして、幼いながら整った顔の中、濃い睫毛《まつげ》に囲まれた海色の目が、迷うようにランヴァルドを見つめていた。


「あー……ええと、助かった。ありがとう」

ランヴァルドは戸惑いつつも、少女にそう、礼を言った。一応、『ただ誠実な商人のふりをするか、ただ黙って笑ってりゃ女にも受けがいい顔だ』と評されたこともある笑顔を意識しつつ。

すると少女は戸惑った様子で、おず、と一歩下がり、視線を落とし……しかし、ふと、ランヴァルドの足元を見ると、何故《なぜ》か慌ててランヴァルドに近づいてくる。

『俺もさっきの金剛羆みたいにするつもりじゃないだろうな』とランヴァルドは警戒したが、少女はただ、ランヴァルドの傍《そば》までやってくると……そこに座り、背中の背嚢《はいのう》をそっと下ろした。

背嚢、とはいっても、獣の毛皮を簡単に鞣《なめ》して、それで荷物を包んで、木の蔓《つる》で口を縛ってそのままぶら下げてあるような、そんな簡易的なものである。もしかしたらこの少女が自分でこしらえたものなのかもしれない。が、使われている毛皮は氷雪虎のものである。言うまでも無く、凶暴な魔物の、高級な毛皮だ。『もったいねえ』とランヴァルドは反射的に思った。商人の性である。

そして、背嚢もとんでもないが、そこから出てきた品物もとんでもない代物ばかりだった。

透き通って美しい見た目から、内包している魔力の多さがすぐ分かるほどの魔石。恐らく大鬼《オーガ》のものであろうと思われる立派な角。最高級の薬草……。

ランヴァルドが『これを全部売ったら一体いくらになるんだ……？』と職業病じみた計算を始めた隣で、少女は最高級の薬草を手に、そっと、ランヴァルドの右脚を指差した。

「え？」

ランヴァルドが戸惑っていると、少女はやはり黙って、しかし心配そうな表情で必死に訴えるように、薬草を指差し、ランヴァルドの右脚の傷を指差し、そして、薬草をランヴァルドにずいずいと差し出してくるのだ。

「……くれるのか」

いよいよ戸惑いながら尋ねれば、少女は『伝わった！』とばかり、にこにこと頷いた。そして、ランヴァルドの手に薬草を載せて、嬉《うれ》しそうにしているのである。

……これは、と、ランヴァルドは瞬時に計算を巡らせた。

商人をやっている以上、ランヴァルドは人の心の機微を推察するのが得意である。そして今、目の前の少女からは、完全な善意と、そして、無知が感じられた。

なので……。

「なら……その、こっちを貰っても、いいか？」

ランヴァルドは、少女の目を見ながら、そっと、少女の背嚢の中身であった魔石を、指差した。

この魔石は最高級の薬草以上の値がつくであろう代物だが……果たして少女は、ランヴァルドの読み通り、なんら躊躇することなく笑顔で頷いて、魔石をランヴァルドに渡してくれたのである。

魔石を受け取ったランヴァルドは、すぐさま自分の右脚に治癒の魔法を施し始めた。

……ランヴァルドに魔法の才はさして無いが、魔石があるなら話は別だ。傷がみるみる治っていく。それこそ……切断された脚の腱が、再び元通りになるまでに。

ランヴァルドは『質のいい魔石とはこれほどの物なのか』と感銘を受けた。脚を動かしてみて、そこに痛みも引《ひ》き攣《つ》れも無いことを確認して、再度、魔石の効力に驚かされる。まさか、自分如《ごと》きがこんな魔法を使える日が来るとは。これは、上等な魔石に高値がつくわけである。

何はともあれ、ひとまずこれで、窮地は脱した。脚をやられ、死を待つだけであったランヴァルドは、少なくとも自力でこの森から逃げることができるようになったのである。

「ありがとう。おかげで助かったよ」

少女にまた礼を言えば、少女は……興奮気味にランヴァルドの手を指し示し、ランヴァルドの脚を示して、きらきらと目を輝かせている。

……この少女はどうも、喋《しゃべ》らないらしい。だが、なんとなく、言いたいことは分かった。

「ああ、魔法が珍しかったか」

ランヴァルドがそう言えば、少女はやはり興奮気味に何度も頷いた。

これは、容易に推測できたことだった。何せ、魔法を使える人間は然程多くない。都市部にはそれなりに居るし、一定以上の身分の者ならば教養として魔法を学ぶものだが……田舎の方では、村に一人も魔法を使える者が居ないことも多い。

この少女は野生同然の暮らしをしているように見受けられる。ということは、魔法など見たことが無かったのだろう。

「こちらへ」

なら丁度いい、と、ランヴァルドは笑って、少女に手招きした。すると、まるで警戒するところのない少女がやってきて、ランヴァルドの目の前に座った。その様子は中々に愛らしい。まあ、凶暴な魔物の返り血に汚れていなければ。

「ここ、怪我《けが》してるな。治しとくぞ。女の子の顔に傷が残っちゃ、事だからな。ほら」

そうしてランヴァルドは、少女の右頬……そこに一本走っていたかすり傷をそっと手で撫《な》でながら、治癒の魔法を使った。

魔石にはまだまだ十分に魔力が残っていると見えて、あっさりと、少女の傷は消え失《う》せた。

「他に怪我は？」

ランヴァルドが問うと、少女は半ば夢見心地な様子で頬を撫でてみて、傷が消えていることを確かめて、興奮気味に目を輝かせている。……他に怪我があるかは気にしていないようである。

ならいいか、と、ランヴァルドは魔石をちゃっかり自分のポケットにしまった。それから、少女が荷物を背嚢もどきにまとめるのを手伝ってやって……さて。

「なあ、ここで会ったのも何かの縁だ。あんた、これから森を出るなら、同行させてくれないか」

ランヴァルドは、そう切り出したのである。


護衛の依頼、としなかったのは、この少女が信用できるものか、少々測りかねていたから。

野生の暮らしをしているような少女相手に、真っ当な契約を結ぼうとしてもそれは難しい。そもそもこの少女は、本当に人間だろうか。彼女は恐ろしいほどに強く美しいが、これは人間の歓心を得るためにこうした姿に化けた魔物の類なのではないか、と少しばかり疑わないでもない。

それから……ランヴァルドがついさっき、全財産を失ったからでもある。

今、ランヴァルドの財産といったら、剣と、衣類。そして懐に入れてある銀貨数枚に銅貨数枚、といったものである。装身具の一つもあればよかったのだが、それも全部、北部へ運ぶ武器を購入するために売ってしまったのだ。今となっては悔やまれるが……。

……護衛を雇うには金が要る。そしてランヴァルドには金が無い。だから、『護衛のお願い』ではなく、『同行のお誘い』なのだ。

「どうだろう。俺はついさっき、一緒にこの森に来た奴らに置いていかれちまってね。寂しいもんだから、町まで道連れが欲しいんだが……」

如何《いか》にも人が良く、そして無知であろう少女にそう提案してみれば……案の定。少女は、目を輝かせて嬉しそうに、うんうんと何度も頷いて見せたのだった。

……そうして。

ランヴァルドは、少女と共に魔獣の森を抜けることになった。

少女は道連れができたのが嬉しいのか、何やらいたく上機嫌であった。てくてくとランヴァルドの隣を歩きつつ、時々、ちら、とランヴァルドを見上げては、ほわ、と笑みを浮かべている。ランヴァルドはその度、できるだけ笑みを返してやるようにした。

何せ、今のランヴァルドの命綱は、この少女一人である。

この少女にまで置いていかれたら、いよいよランヴァルドはこの魔獣の森で死ぬだろう。だから、この命綱の機嫌を損ねないよう、ランヴァルドはひやひやしながらもそれを隠して笑うのだ。

……全財産を叩いて買いつけた武器を全て奪われたのは、あまりにも大きな痛手だった。だが、それでも、人生を投げ出すわけにはいかない。ランヴァルドはどんな手を使ってでも、生きて、生き延びて……必ずや、成功しなければならない。まだ、ここでは死ねないのだ。

だが、やはりここは危険な魔獣の森である。

ひゅっ、と風を切る音が聞こえたと思ったら……上空からランヴァルド目掛けて襲い掛かってくるのは巨大な鉤爪《かぎづめ》。鋼鉄鷲《こうてつわし》だ。鋼鉄より硬い爪を有する、大きな猛禽《もうきん》の類である。

思わずランヴァルドが身を竦《すく》めると、横で少女が地を蹴っていた。

少女は易々《やすやす》と高く跳躍すると、そのままランヴァルドの頭上へ迫りくる鋼鉄鷲に向けて……その手のナイフを突き立てる。

ナイフは鋼鉄鷲の腹へ突き刺さった。ぎええ、と鋼鉄鷲の鳴き声が上がる中、一緒に落下してきたそれを少女は簡単に捕まえて、そして、改めてナイフで首を切り、仕留めた。

「……ははは、助かったよ」

いとも容易《たやす》く、鮮やかに魔物を迎撃してみせた少女を見て、ランヴァルドはいよいよ恐怖じみたものを感じた。

……魔物も怖いが、この少女もやっぱり中々に怖い。


鋼鉄鷲を仕留めた少女は、鋼鉄鷲の爪を抜いて、背嚢へ放り込んでいた。……鋼鉄鷲の爪は磨けば装飾品にすることもできる。狩猟のお守りとして流通しているものだ。尤も、そう高値では売れないが。

……そしてランヴァルドは、少女が見向きもしなかった鋼鉄鷲の尾羽を、そっと数本抜き取って持っていくことにした。鋼鉄鷲の中で高く売れる部位は、これだ。

鋼鉄鷲の羽は最良の矢羽だ。鋼鉄鷲の矢と風の魔法を組み合わせれば、変幻自在に矢を飛ばすことができるようになる。ランヴァルドもそうした矢を数度使ったことがあるが、高級品なだけのことはある、と思った覚えがある。

ランヴァルドが羽を抜き取っていくのを、少女は首を傾げながら見ていた。特に止める様子も無い。……どうやらこの少女は無知故に、何が高く売れるのかを知らないらしい。

『これは好都合だ』とランヴァルドは笑う。少女が見逃した高級品は、全てランヴァルドが頂いていくことにしよう、と。

……ということで、その後もランヴァルドと少女は度々魔物に襲われ、その度に少女があっさりと魔物を仕留め、ランヴァルドもちゃっかりとそのおこぼれに与《あずか》りつつ進んでいくことになった。

そうして、一刻程度歩いただろうか。

「……晴れてるな」

森を抜けた途端、青空が広がっていた。森に入る時には雨が降りそうな曇天だったが、いつの間にか晴れたらしい。南部の秋らしい、穏やかな天気である。

晴天とやや傾いた太陽とを見上げつつ、ランヴァルドは『まあ、命があっただけでもマシか』とため息を吐く。しかし、やはり失った財産は痛い。渋面になりつつ、これからどうするか、頭を悩ませる。

……が、そんなランヴァルドの顔を覗《のぞ》き込んで、少女が心配そうにしていた。それに気づいたランヴァルドは、『ああ、何でもない』と笑顔を取り繕ってまた歩き始める。

少女はどうやら、魔獣の森の西の、一番近い町へ向かっているらしい。

ランヴァルドとしても、異存はない。本来なら今頃は魔獣の森を北に向かって抜けて、北の小さな村に到着している頃だったが、積み荷が無いのに北へ行く理由はもう無い。荷物も何も無しに野宿するほど馬鹿ではないし、そもそも、やはり、疲れた。今はとにかく、早く休みたかった。

「あんたはあの町に住んでるのか？」

ランヴァルドは少女にそう、尋ねてみる。だが、少女は首を傾げて、ふるふる、と首を横に振るばかり。……ということはやはり、野生の暮らしをしている、ということだろうか。

「えーと、家族は？　居るか？」

居ないだろうなと思って聞いてみれば、案の定、少女は暗い面持ちで、ふる、と首を横に振った。

「そうか。すまない。辛《つら》いことを聞いたか」

だが、ランヴァルドが謝れば、少女は少しばかり笑みを取り戻して、ふるふる、と首を横に振る。

そしてまた、にこにこと町に向かって歩き出すので……ランヴァルドは『やっぱりよく分からん』と思いつつも、少女の後を追って町へ向かうのだった。

＊

魔獣の森から西に位置するこの町は、その名をカルカウッドという。

魔獣の森の恵みを目当てに冒険者が集い、冒険者の需要を見越した武器屋や薬屋が軒を連ね、また、魔獣の森で手に入る物品の買い取りを行う店が並び……そうして小規模ながら活気づいている町である。

「いやあ、助かった。おかげで無事に町に着いたし、寂しくもなかった。ありがとう」

町の門に着いたところで、ランヴァルドは少女に礼を言う。礼はいくら言っても無料なので。

そうして、ではこれにて……とばかり、別れようとした、のだが。

「……ん？　な、何かまだ用か？」

少女が、ランヴァルドを離してくれない。ランヴァルドの服の裾を控え目に摑《つか》んだまま、くいくい、とランヴァルドを引っ張っていこうとするのだ。

「え、お、おい、どこへ行くんだ？」

尋ねてみても、少女はやはり、喋らない。ただ、にこにこと笑顔でランヴァルドを引っ張っていくばかり。

……そうして少女が、町外れの路地裏の方へ入っていくものだから、いよいよランヴァルドは緊張してきた。これは、路地裏に連れ込まれて殺されるのか、と。

が、ランヴァルドの警戒はまるで必要が無かったようだ。少女はランヴァルドを連れて、路地裏に面した店へと入っていった。

「……いらっしゃい。なんだ、またお前か」

店主は少女を見ると、ふん、と口元を歪《ゆが》めた。それからランヴァルドの存在にも気づいたが、ひとまず、ランヴァルドのことは気にしないことにしたようだ。こんこん、と指でカウンターを叩いて、少女ににやりと笑いかける。

「買取ならカウンターの上にブツを並べな」

ここは、魔獣の森の物品を買い取る店であるらしい。だが……どう見ても、真っ当ではない。ランヴァルドの商人としての感覚が危険を告げる一方、少女はにこにこと、背嚢もどきから数々の高価な品々を出して、カウンターへ並べていく。

大鬼の角も、最高級の薬草も、上等な魔石も……それから、金剛羆の爪に牙。毛皮。鋼鉄鷲の爪などもどんどん並べられていく。

……ランヴァルドはそれらの品を見て、『ざっと、金貨三枚ってところか』と計算した。これでも目利きはできる方だ。適正な価格である自信がある。

だが。

「成程な……これなら、銀貨を出してやろう。ほら、持ってきな」

店主はにやにやと笑いながら、少女に銀貨を一枚、放って寄越《よこ》したのだった。

「おい親父《おやじ》。ちょっと待ちな」

ランヴァルドは思わず、声を上げていた。

それは、正義を貫く意志などではなく……純粋に『損得』を量る天秤《てんびん》の傾きによって。

「ああ？　なんだってぇ？」

そうして店主から反感の目を向けられてから、頭の中で諸々《もろもろ》を計算する。

……それで十分、計算は間に合った。危ない橋を幾度も渡る悪徳商人は計算高く、機転が利いて、そして、肝が据わっていなければならない。

『勝てる』。

ランヴァルドはそう判断して、にやり、と笑った。

「流石《さすが》にそれじゃ、安すぎる。分かってやってるよな？」

如何にも『やれやれ』とでもいうような顔でそう告げれば、店主はせせら笑ってランヴァルドを睨み上げた。

「まさか、こっちがぼったくってるとでも？　人聞きの悪いこと言うんじゃねえよ。それにこのガキは、わざわざここに持ち込んでるんだ。文句あんのか？」

ランヴァルドと店主が言葉を投げつけ合う横で、少女はおろおろしている。……何か、大変なことになっていることだけは分かるらしい。

「ああ、文句ならある。この領内に店を構えている以上、良心的な店であってもらわなきゃあ困るんだよ」

ランヴァルドは真剣な顔を作って見せつつ、店主に迫る。

「なあ？　『全ての約束はハシバミの枝の下にあれ』だ」


『全ての約束はハシバミの枝の下にあれ』。

これは、公正であれ、約束を履行しろ、という意の言葉であり……このカルカウッドを含む領地、ハイゼルを治める領主の旗標《はたじるし》でもある。

少女にはこの言葉の意味が分からなかっただろう。だが……こんな詐欺紛《さぎまが》いにでも店を構えている者には、通じる言葉だ。さっ、と店主が青ざめる。そして……。

「俺は、領主様の命を受けて来た審査官だ」

ランヴァルドは、じろり、と店主を睨みつけた。……当然のように、嘘《うそ》を吐きながら！


「……証拠は？　あんたが審査官だって？」

「疑うならそれでいい。別に、俺が審査官じゃない、善良な一市民であっても同じことだ。俺はこのままじゃ、この店を通報しなきゃならねえ。……分かるよな？」

ランヴァルドはいたって高圧的にそう言って、店主を見下ろした。

……今のランヴァルドの恰好は、酷《ひど》いものである。脚を切られた時の血が衣類を汚していて、荷物など持っていない。……だが、それらは、ランヴァルドが堂々としていることで、意味を変える。荷物を持っていないのは、『荷物など持たなくていい身分だから』。そして血に汚れた衣類は……既に一つ二つ、『片付けてきた』から。

それらを裏付けるものは、ランヴァルドの堂々とした立ち居振る舞い。そして、腰に佩《は》いた立派な剣だ。見掛け倒しだが、案外、人間は人間を見かけだけで判断してしまうものである。

実際、店主は『まさか』と疑い半分、緊張半分にランヴァルドを見上げている。ランヴァルドはもう一押しと踏んで、『まだ分からねえのか』とため息を吐き、『説明』してやることにする。

「ああ、北部で治安が悪化してるのは知ってるだろう？　その波が南にも来てるんだよ。領主様は町の治安を案じておいでてね。こうして審査官がこんな商店にもやってくる、ってわけさ」

勿論、これも嘘である。それらしい嘘をぺらぺらと吐き出して相手を納得させることについては、ランヴァルドの右に出る者はそうは居ない。

「となると、あんたは夜逃げか？　検挙されて店の売り上げも商品も何もかも全部持ってかれるくらいなら、あんたは逃げようとするだろうな」

ついでにそう言って凄《すご》んでやれば、店主はいよいよ、疑いよりも怯《おび》えの色を見せるようになる。忙《せわ》しなく目が泳ぎ、『どう逃げるか』『いっそ目の前のこいつを殺そうか』というところにまで思考が及んでいるようだ。

「だが、あんたは逃げられない。何故か？……この獲物を魔獣の森から持ってきたのは、誰だと思う？　金剛羆を毛皮に傷も碌に付けずに仕留められるのは、誰だ？　なあ、ちょっと考えてみりゃ、分かるだろ？」

ランヴァルドがそう言ってやれば、店主は、ちら、と少女を見て……それから、ランヴァルドがそっと手をかけている剣にも、目を向けた。

『張れる見栄』であるランヴァルドの剣は、こういう時に役に立つ。店主は恐らく、ランヴァルドのことをそれなりの実力者だと誤認した。誤認だが。ランヴァルドの剣は、正にほとんどハッタリでしかないのだが！

ついでに、店主はランヴァルドのことを、『良くても本物の審査官。悪ければ、もっと厄介な相手』と判断したらしい。いよいよ、表情に緊張が走る。

「……だがな。俺はそんなカタブツでもねえんだよ」

そして、そこでランヴァルドは剣から手を離し、低く優しく、そう言ってやるのだ。

「……へ？」

「示談が済んでいるところにまで口を出す気はねえ、ってことだ。ここで取引が正しく解決されるんなら、黙っておいてやるぜ？」

ランヴァルドがにやりと笑って見せてやれば、店主はそこに希望を見出《みいだ》しただろう。

「ほら。ちゃんとした額は幾らだ？　幾らこのお嬢ちゃんに払えば、俺が黙っていると思う？　お前が誠実な商人であることを俺に証明するには、幾ら出せばいいんだ？　え？」

そして、ランヴァルドが凄むのに合わせて、店主はじりじり、と動き……それから、店の奥から金貨を持ってきた。

「……ったく。ほらよ」

その金貨は……五枚。この規模の商店なら店の全財産であってもおかしくはないが、この少女が今までもぼったくられていたなら、まあ、大した損失ではないのだろう。

この額ならばよし、と、ランヴァルドは笑って頷いた。

「よーし。『この店は問題無し』だな。俺も上に報告するのに気が楽だよ」

ランヴァルドは金貨を取ると、少女の手にそのままそれを握らせてやった。少女は握らされた金貨を見て、ぽかんとしていた。

「じゃあな。今後も、『全ての約束はハシバミの枝の下にあれ』だ」

そうしてランヴァルドは笑顔で、少女を伴って店を出た。店主は表情を引き攣らせていたが、それすらランヴァルドには清々《すがすが》しく感じられた。

「じゃ、仲介料ってことで一枚貰っとくぞ」

店を出たところで、ランヴァルドは少女の手から、ひょい、と金貨を一枚取った。少女は相変わらず、ぽかんとしている。

……もしかしたら、金貨というものを見るのも初めてなのかもしれない。

少女が出した品物の相場は、金貨三枚かそこらだ。いつもあれくらいの収穫を売りに来ているのであれば、今までに金貨何十枚という額をそうとは知らずにぼったくられてきたのだろう。

だが、この世界はそういう場所だ。知識が無ければ搾取される。より強《したた》かに、狡猾《こうかつ》に、図太く、恥知らずに立ち回ったものが勝つ。ランヴァルドは嫌というほど、そういう場面を経験してきた。

だからランヴァルドも、そうする。『今度こそ』勝つために。そのためには、事情をよく分かっていない少女から、息をするように『仲介料』をぼったくることも辞さないのである。

……そこで、くい、と服の裾が引かれる。

ふと見れば、少女が心配そうにランヴァルドを見上げていた。そして、その手に残った金貨を全て、ランヴァルドに差し出してくるのだ。

大方、こんな大金を初めて手にしてどうしていいのか分からない、といったところだろうが、あまりにも無欲で、あまりにも無知だ。

……そんな少女を見て、ふと、ランヴァルドの脳裏に閃《ひらめ》くものがあった。

そう。それは、『商機』を見出す閃きだ。

目の前の少女は、どういう理屈かめっぽう強い。散歩するような気軽さで魔獣の森を歩き、あっという間に魔物を屠《ほふ》り、高価な品々を持ち帰ってこられる。

それでいて、どうにも人馴《ひとな》れしていないようだ。さっきのようにいとも簡単にぼったくられ、金の価値に戸惑い、そして……どうも、何故だか、ランヴァルドに対して悪い印象を持っていないように見える。

……ならば、これは利用できる。

どうやら商売の神は未《ま》だ、ランヴァルドを見捨て切っていないらしい。

「心配するな。大丈夫だ。違法なことしてる連中が『詐欺師にボられました』なんて通報するかよ。それに、あの様子じゃあ今までも散々ぼったくられてたんだろ？　ならその分の埋め合わせにしても足りないくらいだ。遠慮せず取っておけ。これは正当な、お前の財産だ。俺はそれを取り戻す手助けをちょっとしたってだけさ」

ランヴァルドは優しくそう言って、少女の手に金貨を握り直させてやる。そのまま少女の手を握ってやれば、不安そうな少女はランヴァルドの顔を見上げつつ、こく、と頷いた。

「しかし、お前のこれからが心配だな。今までもああやって、銀貨一枚程度で魔獣の森の産物を売っていたんだろう？」

次は、少々大げさに心配して見せながら少女に問いかける。すると少女は、戸惑いながらも、こく、とやはり頷くのだ。

「そりゃあ騙されてたんだよ。お前、よっぽど人の世に疎いらしいなあ」

いよいよ少女は不安そうになってくる。自分が世間を知らないことは、なんとなく分かっているのだろう。どうにかしなければならない、とも。それでいて、どうにかする方法を彼女は知らない。

「……そこで、提案なんだが」

だから、ランヴァルドは背を屈《かが》めて、まっすぐに少女の目を見つめる。

「どうだ、俺を雇わないか？　俺なら、表通りの店でもやり取りができる。お前を仲介してやることができるし、もしぼったくられそうになってたら俺が助けてやれる。世間のことも、少しは教えてやれるぞ」

如何にも誠実な商人らしい言葉を並べて、ランヴァルドは微笑《ほほえ》んだ。

「魔獣の森で助けてもらった恩もあるからな。給料は一日に金貨一枚でいい」

そしてその実、とんだぼったくりである。

……そうして。

「じゃ、これで契約成立だな。このランヴァルド・マグナス、確かにあんたに雇われよう」

ランヴァルドは金貨を少女から受け取った。先程の『仲介料』と合わせて金貨二枚の儲けである。

少女はというと、ぼったくりから守ってくれるぼったくりを雇って、にこにこと満面の笑みであった。

……まあ、少女がいいならそれでいいのだ。世間知らずの子供を騙す罪悪感が無い訳ではなかったが、それはそれ、である。お互いに幸せなら文句はあるまい。たとえ、片側の幸せが無知からくるものであったとしても。

「まあ、当面は一緒に居てやるよ。魔獣の森に行くときには最初の何度か、俺も連れていってくれ。お前は何が価値のあるものなのかもよく分かっていないいらしいからな。教えてやる」

ランヴァルドがそう言えば、少女は嬉しそうににこにこと頷いた。

……だが。

「うわっ、バケモノ！」
「バケモノだ！」

子供の声が聞こえた。そちらを見てみれば、丁度、家に帰るところなのだろう悪ガキが二人、こちらを……少女を見て、好奇と嫌悪の目を向けていた。

「町から出てけ！」

更に、悪ガキ二人は石を拾って投げ始めた。幸い、石は見当違いの方向へ飛んで行ったが、少女は立ち竦んでいるばかりである。

……流石にこれは見過ごせない。

それは勿論、正義感からなどではなく……金蔓をより強固に捕まえるための好機だから、である。

「おいおい、バケモノってのは俺のことか？」

ランヴァルドが早速前へ出れば、悪ガキ二人は、怯《ひる》んだ。子供というものは、見知らぬ大人から凄まれれば、当然、怯えて竦むものである。

悪ガキは何やらもごもごと口ごもりながら、『こんなはずでは』というように不服気にランヴァルドを見上げ、そして、すぐさま逃げていく。

流石に追いかけることはしない。ただため息を吐いて、ランヴァルドは少女の元へ戻る。

少女は、おず、とランヴァルドを見上げていた。……まあ、バケモノかバケモノじゃないか、と言われれば、バケモノである。何せあの強さだ。大方、この少女が魔獣の森から獲物を引きずってきた様子でも見た誰かが噂《うわさ》したか、はたまた今のように魔物の返り血に汚れているから『バケモノ』呼ばわりされているのか。

「怪我は無いな？　ああ、気にするな。お前は俺の雇い主だろ？　堂々としてりゃあいいんだ」

ランヴァルドが優しく言ってやると、少女は、こく、と戸惑いながらも頷いた。……そして、硬いながらも少しばかり、笑みを浮かべた。助けてもらった恩でも感じているのかもしれない。

ランヴァルドもそれに笑みを返す。……悪ガキを脅かすだけで信頼を得られたのだから、ボロ儲けだ。笑顔にもなるというものである。

ランヴァルドは少女を伴って、カルカウッドの町の中を歩く。

夕暮れ時であることもあり、人通りは然程多くない。とはいえ、一仕事終えてこれから酒場へ向かうのであろう者や露店を畳む者、そして家に帰る者達が居ないわけではない。

そして、そうした者達から向けられる視線は決して好意的ではない。『あの子供、時々町に来るけれど誰なのかしら』『森の近くでうろうろしてるのをよく見るわ。魔物なんじゃない？』と囁《ささや》く声が聞こえることもあれば、すれ違いざま、睨んでくる者さえ居る。

……さっきの悪ガキ二人の様子からも十分推察できることだったかもしれない。あの悪ガキ二人はランヴァルドの姿が目に入っていなかったわけはないだろうに、それでも少女に石を投げた。つまり、あの悪ガキ二人の周りの大人達は、そうした悪ガキの行いを咎《とが》めたことが無かったのだろう。

どうやらこの少女はこのカルカウッドで、随分と肩身の狭い思いをしているらしい。

親は居ないようだし、家も無いのだろう。『森の近くでうろうろしてる』というよりは『森に住んでいる』に近いのかもしれない。

……ついでに、この少女は、まあ、泥や返り血に汚れている状態だ。おまけに、喋らない。言葉を持たない以上、侮られ、蔑まれるには十分だろう。だからさっきの買取の店でも、この少女相手にあれだけ舐《な》めた真似をしていた。

「……まずは、宿を取るか。そろそろ日が暮れるしな。食事は宿でいいだろう？」

このまま少女を連れ回すのは得策ではない。ランヴァルドがそう提案すれば、少女は、ぽかん、とし、それから、意を決したように、うん、と力強く頷いた。

「……ん？　おい、どこへ行く？」

それから少女は、ずんずん、と、歩いていく。ランヴァルドはそれを追いかけつつ、何やら嫌な予感を抱え……。

「待て待て待て！　なんで川に飛び込んだ!?」

そして数分後。

町の外れを流れる川に突入していった少女に、ランヴァルドは度肝を抜かれたのであった！

「こ、こら！　何してる！　冷えるだろうが！　風邪ひくぞ!?」

ランヴァルドは急いで少女を川から引き揚げた。南部とはいえ、秋の川の水は冷たい。そこに浸《つ》かった少女は、ぶるぶると震えているのである！　当然だ！

「一体、何だって突然……」

これは思っていた以上に厄介か、と思ったランヴァルドだったが……少女は、首を傾げつつ、川のほとりに戻っていき、そして。

「……ああ、血を落としていたのか」

しゃぷしゃぷ、と顔を洗い、ざぶざぶ、と髪を洗って、泥や埃《ほこり》、ついでに返り血の類を落としていた。

……成程。少女のこの行動を見て、そして何より、先程の町の人々の様子から考えて……ランヴァルドにも大凡《おおよそ》、少女の行動の理由が分かった。

「……町の方で、『小汚い奴は店に入れない』とでも言われたことがあったか」

しゃがんで目線を合わせてやりつつそう問えば、少女はさも当然、というように頷いた。

……ランヴァルドは、天を仰いだ。『だからって、川に飛び込む奴があるか？』と……。

この少女は金蔓である。絶対に手放したくない。だというのに、こんなことで風邪でもひかれたらたまったものではない！

「ああ、全く……仕方ないな。すぐ宿へ行くぞ。火の傍で温まらないと……」

ということで、ランヴァルドは少女を小脇に抱えて、町の宿へと急いだ。これは想像していた以上に厄介な金蔓かもしれないぞ、と嫌な予感を覚えつつ……。


「あら、いらっしゃい。何にする？」

宿に入ると途端に、暖かな空気がランヴァルドと少女を包み込んだ。ホールの中央にある炉には火が入っている。濡れネズミの少女を抱えているランヴァルドとしてはありがたい。

ランヴァルドは少女を炉の傍に下ろすと、『ちょっと待ってろ』と伝え置いてから、宿の主人らしい女の元へと向かった。

「部屋を借りたい。ベッドが二つあると嬉しいんだが」

「ああ、はいはい。それなら銅貨四枚でいいよ。えーと、馬は？　飼葉は銅貨五枚だけど」

「馬は居ない。金は……二人分の食事代と込みで銀貨一枚で足りるか？」

「いいわよ。食事はパンとスープ。他に頼みたいものがあったら適当にそこの厨房《ちゅうぼう》担当に頼んでちょうだいね」

宿の主人は笑って、ランヴァルドから銀貨を受け取った。銀貨を確かめて、『よし、上等』とにっこり笑って……それから、ふと、眉を顰《ひそ》めた。

「……で、お兄さん。あの小汚いの、お兄さんのツレなの？」

「……ああ、まあ、一応は」

ああ、『小汚いの』ときたか、と、ランヴァルドは内心で頭を抱えた。まあ、『バケモノ』や『魔物』よりは幾分マシだろうが。仕方ないといえば仕方ない。泥や血の汚れを川で落としたからといって、そうそう身なりが変わるものでもない。川の冷水で洗った程度では、垢《あか》や脂はよく落ちないのだから。

「ならアレになんとか言ってやってよ。ああいうのにうろつかれたんじゃ、こっちだってやりづらくってしょうがないんだからさ」

「あ、ああ。すまない」

「あんまりにも寒い日には、ホールの隅っこに丸まってるのを見逃してやってるけどね……歓迎したい相手でもないんだよ。分かってくれる？」

「勿論。えーと、アレは俺が責任を持って綺麗《きれい》にしておこう……」

ランヴァルドは店の女主人に頭を下げつつ、すごすごと少女の元へ戻る。少女は炉の炎をぽーっと見つめていたが、ランヴァルドが近づけばすぐに顔を上げて表情を輝かせた。

「よし。じゃあ部屋に行くぞ。……で、まずは身なりをもう少し、まともにする。これじゃあ確かに、表通りの店には入れられないからな……」

ランヴァルドは、『こいつを拾ってきたのは間違いだっただろうか……』と若干の後悔を感じつつも、しかし、『ガキのおもりだけで毎日金貨一枚の稼ぎが得られるんだ。このくらい、安いもんだろ』と気持ちを奮い立たせて、少女を連れて宿の部屋へと向かうのだった。


「いいか？　汚れを落とすんだったら、まずは湯を沸かせ」

ということで。ランヴァルドは早速、部屋の中で湯を沸かし始めた。

部屋の暖炉の傍には、たらいと大鍋が置いてある。それをありがたく使わせてもらって、宿の裏の井戸から水を汲《く》んできて……それで湯を沸かして、汚れを落とす。公衆浴場があるような大都市でもなければ、こうして汚れを落とすのが旅人の常である。

「ほら。良い温度になった。これで汚れを落とすんだ。後は分かるな？」

ついでに宿の主人から頂戴してきた手布と石鹸《せっけん》とを渡してやれば、少女は戸惑いつつも頷いた。

「俺は部屋の外に出てるから。何かあったらドアを叩け。いいな？」

そうしてランヴァルドは一応、少女を気遣って部屋の外へ出る。……ついでに、宿の主人に頼んだ服を取りに行く。彼女にはランヴァルドと少女のために服を一着ずつ、工面してもらったのだ。

先程の手布や石鹸の代金、それに『迷惑料』も込みで銀貨を二枚出せば、女主人は機嫌よく諸々を用意してくれた。金払いのいい客が大切にされるのは世の常である。ランヴァルドはケチるところではとことんケチるが、それ以外ではできるだけ、『よい客』であることにしている。

そうして、自分と少女の分の服を手に入れて戻ったランヴァルドは、ドアをノックした。すると、きい、とドアが開いて、少女がそっと顔を覗かせた。なので服を押し付けて、『着ておけ。着替え終わったらドアを開けるように』と伝えてまたドアを閉める。

すると、ほどなくしてドアが開いたので、ランヴァルドは部屋の中に入って、湯の片付けなどを教えてやる。

それから、少女の濡れたままの髪を暖炉の傍で乾かさせておいて、その間にランヴァルド自身もざっと自分の汚れを落とした。流石に、ランヴァルドは慣れている分、手早い。

そうしてサッパリしたところで、ランヴァルドは改めて、少女を観察して……驚く。

「……お前、多少磨くだけで十分に光る性質か……」

美しい金髪に、幼いながら整った顔立ち。海の色をした大きな瞳も、長い睫毛も、白く滑らかな肌も……総合して、中々の美少女である。泥や返り血、そして垢や脂もすっきりと落として、ちゃんとした服を着せてみれば、中々どうして見栄えがするではないか。

一方のランヴァルドは、北部人故のそれなりの体軀に黒い髪と藍色の目、商人として旅する中で日に焼けた肌……そして『黙っていればそれなりに男前』の相貌だ。まあ、悪徳商人をやるにあたって不自由のない容姿ではある、と自負している。が、流石にこの野生の美少女ほどのものではない。

そもそも、ランヴァルドは大人の男である。見目がどうであれ、問題が起こることは無いが……。

「……余計に心配が増えるかもな」

ランヴァルドは改めて少女を見て、ため息を吐いた。

見目麗しい少女というものは、まあ、厄介ごとの種である。特に、目の前に居る彼女のように無知であるならば、猶更《なおさら》。

が、今はそれは考えないこととして……ランヴァルドは早速、食事を摂《と》りに、宿の一階の酒場へ向かうのだった。


食事は、焼き立てのパンに、野菜をよく煮込んだスープ。それに水で薄めたワインだ。

南部では安定して葡萄《ぶどう》が収穫できるためワインも多いが、この国全体で見れば、ワインは高級品である。よって、南部でもこうした場では基本的に、古いワインを更に水で薄めたものしか出てこないのが常だ。

だが、ランヴァルドに出されたワインは、それなりに質の良いものだった。これはありがたい。美味い酒というものは、いつだってよいものだ。特に、全財産を失った日の夜には、殊更良い。

……そして、少女の目の前にはワインの代わりにミルクのカップが置かれた。温めたミルクには蜂蜜が溶かしこんであるらしく、甘い香りがする。それを一口飲んだ途端、少女の表情がぱっと明るくなった。目を瞬《しばたた》かせてカップの中の白い水面を見つめて、ほやあ、と感嘆のため息を吐き出している。……美味《おい》しかったらしい。

こういうところに、『金払いのいい客』が得られる恩恵があるのだ。ランヴァルドは給仕してくれた女主人に、軽く手を挙げて礼を示しておいた。すると女主人はぱちり、とウインクして、それから少女の頭を撫でて、『綺麗になったら中々可愛《かわい》いじゃないか』と上機嫌にカウンターへ戻っていった。……ランヴァルドの金払いの良さ以上に、綺麗になったら美しかったこの少女が手厚いサービスの理由かもしれない。

「他に何か、頼みたいものはあるか？　ほら」

まあ、それはさておき、ランヴァルドは少女に問う。

蜂蜜入りのホットミルクでこんなに目を輝かせるとは慎《つつ》ましやかなことだが、本来は食べ盛りのはずの子供だ。もっと食事が必要だろう、と、少女にメニュー表を指し示してやった。メニュー表には、山鳥のグリルや鹿のシチュー、それにリンゴのパイなどの品目が並んでいる。

……が。

少女はメニュー表を見て、困ったように首を傾げている。

「……食べたいものは、特に無いのか？」

ランヴァルドは一抹の不安を感じつつそう聞いてみる。すると、少女は困ったように、曖昧に頷くような、首を傾げるような仕草をしてみせる。と、いうことは……。

「……お前、もしかして、字が読めないのか……？」

まさか、と思いつつランヴァルドがそう尋ねれば、少女はいよいよ申し訳なさそうに、こく、と頷いたのだった。

……この少女は、喋れない上に文字も読めないらしい。確かに、野生同然の暮らしをしている少女に文字が読めるなど、期待すべきではなかったが……それにしても、だ。こんな奴と、どうやって意思疎通すればよいのだろうか！

『このガキのおもりは確かに金貨一枚分の値段になるな！』と、ランヴァルドは内心で頭を抱える。

仕方が無いので、メニュー表はランヴァルドが読み上げてやった。すると少女は、嬉しそうにリンゴのパイを注文した。

ランヴァルドは山鳥のグリルを注文した。やがて運ばれてきたそれらを思い思いに食べる。

……この少女は、甘いものが好きなのだろう。蜂蜜入りのホットミルク然《しか》り、リンゴのパイ然り。

実に、実に幸せそうにリンゴのパイを食べている姿を見て、ランヴァルドはぼんやり、そう思った。

そうして食事を終えた二人は部屋に戻って……さて。

「お前、名前くらいは書けるか？」

ランヴァルドはそう、尋ねてみた。

……何せ、ランヴァルドは未だにこの少女の名前すら知らないのである！

だが、幸いにして、少女は元気よく頷いた。どうやら、自分の名前くらいは書ける、ということらしい。となると、恐らくは親が居た頃にそのくらいは教えてもらえた、ということだろう。そういうことならば納得がいく。……同時に、両親に愛されていたのだろうに今、孤児になってしまっているこの少女がより哀れにも思えてくるが。

少女はランヴァルドの服の裾をついついと引っ張って呼び寄せつつ、暖炉の前に座った。そして、暖炉の灰の上に、燃えさしを使って文字を書く。

「……ネール、か」

書かれた文字を読み上げれば、ネールというらしいその少女は、なんとも嬉しそうに、何度も頷いてみせるのだ。

もしかしたら本名ではなく、愛称かもしれない。ネリス、とか、エレオノーラ、とか、そのあたりの。だが、ひとまずこれで呼び方が分かった。

「明日は俺の荷物をある程度購入して……ああ、お前の着替えもなんとかするか。お前もその一着きりじゃ、不便だろうし……後は、背嚢はちゃんとした奴を用意した方がいいだろうな」

ランヴァルドは独り言を言いつつ指折り数えて……メモを取ろうにも、手帳すら失ったことを思い出してため息を吐いた。

「……まあ、諸々は明日の朝考えよう。さっさと寝るぞ。明日に差し支える」

こんな時には眠るに限る。丁度、ワインの酒精が回ってきて体も温まってきたことだ。さっさとベッドに入ってしまった方がいいだろう。

……と、いうことで、ランヴァルドはベッドに入ったのだが。

「おい、待て待て待て。お前は一体どこで寝ようとしてるんだ」

少女がもそもそ、と床の上に丸まり始めたのを見て、『おいおいおい、まさかこれも教えないといけないのか!?』と、慌ててベッドから出る。

「ここにベッドがあるだろうが。ほら」

ちゃんとベッドが二つある部屋をとったというのに、これである。少女は今までホールの隅っこで丸くなって寝ていたのだろうが、これからはちゃんと、真っ当に人間らしい暮らしを覚えさせなければならない。

「ったく、世話の焼ける……ほら、ちゃんと毛布被《かぶ》れよ」

仕方が無いので、ランヴァルドは少女をひょいと抱え上げて、よっこいしょ、とベッドの中に入れた。ついでに毛布を掛けて、ぽふぽふ、と胸のあたりを軽く叩いてやる。……かつて、ランヴァルドが本当に幼い頃、母がそうしていたように。

すると少女は毛布の中でぱちぱちと目を瞬かせて、それから、ふや、と笑った。……ベッドはお気に召したらしい。

「……じゃ、おやすみ。ネール」

そうしてランヴァルドが挨拶してやれば、少女……ネールは、笑顔で頷いて毛布の中へともそもそ潜っていく。

ランヴァルドもまた、自分のベッドに潜り……そこで小さくため息を吐いた。

ああ、先が思いやられる！

＋

ネールは、ぱち、と目を覚ました。目を覚まして、咄嗟《とっさ》に混乱した。

もし、ネールが声を出せたなら悲鳴を上げていたかもしれない。何せ、魔獣の森でもカルカウッドの外れでも、宿のホールの隅っこでもないところに自分が居たのだから！

……だが、咄嗟のびっくりをやり過ごして、ネールはようやく思い出す。

昨日の、夢のような出来事を。

ネールはずっと、一人で生きていた。その前は家族がいたが、村が焼けてしまったあの日から、ネールはずっと一人ぼっちである。

だがそんなネールは昨日、不思議な青年と出会ったのだ。

……昨日、あの時、ネールは丁度、金剛羆を狙っていた。丁度いい獲物を見つけたネールは、いつものように……かつて父に教えてもらったように、それでいて、父が見たらきっと『こんなこと私は教えていない！』と怯えるのだろう手際で、一人ぼっちじゃなかった頃よりずっとずっと上手に、金剛羆を仕留めた。

ネールは魔物を怖いとは思わない。間違えずにやれば、ちゃんと狩れる相手だ。ネールは、自分にはそれができることを分かっている。だから、魔物は怖くない。

だが……そんなネールも、びっくりした。だって、ネールが倒した金剛羆の向こう側には、なんと、人が居たのだ！

鴉《からす》の羽みたいな黒い髪。日に焼けた肌。そして、見開かれた目の中に、夜明け間際の空みたいな、藍色の瞳がよく見えた。

綺麗な人だ、とネールは思った。それと同時に、自分が目の前に居たらこの人は怖がるだろうな、とも思った。

……昔、ネールは父親に言われたことがある。『お前は狩りが上手すぎる』と。あの時の父親は複雑そうな顔でネールの頭を撫でて、ただ、『人前で狩りはやらないように』とだけ言った。その意味がようやく分かったのは、ネールが一人ぼっちになってからだ。

ネールは時々、魔獣の森の中でも狩人《かりゅうど》らしい人達に出会うことがある。そんな彼らは、ネールを見ると……特に、ネールが狩りをしているところを見ると、ひどく怖がるのだ。

だが、ネールを拾ってくれた人……ランヴァルドというらしい青年は、ネールを見ても怖がらなかった。

それどころか、ネールに話しかけてくれたし、綺麗な石を使って、なんと、魔法を使って見せてくれた。ネールは生まれて初めて魔法を見て、なんて綺麗で優しい力なんだろう、とびっくりした！

きらきら光って、やわらかくて、あったかくて……ネールの傷を治してくれた魔法と、そんな魔法を使うランヴァルドを、ネールはすぐに大好きになった。

しかもランヴァルドは、これからもネールと一緒に居てくれるらしい。ランヴァルドは彼が使った魔法と同じように、綺麗で優しい人なのだ！

……他の人は皆、ネールのことが嫌いなようだ。少なくともこの町では歓迎されていない。宿の女主人や旅の修道女はネールに少し優しかったが、ネールが言葉を発せられないと分かると、途端に話しかけるのをやめてしまう。けれどランヴァルドは、ネールが喋れなくともネールに話しかけてくれる。だからネールは、寂しくない。自分が居ないことにならないから、寂しくない。

多分、ランヴァルドは頭がいいのだ。ネールはそう思う。だからネールが喋れなくても、ネールが言いたいことを分かってくれるのだろう。ランヴァルドがお店でネールを助けてくれた時も、ネールはとてもびっくりした。あんなに沢山言葉が出てくる人を、ネールは初めて見た。

それに確か、頭がいい特別な人しか魔法を使えないのだ。ネールは母親からそう教わったことがある。そういう人は、大抵、高貴な生まれの方だ、とも。もしかしたらランヴァルドは頭がいい上に、高貴な人なのかもしれない。

……そんな高貴な人が、どうしてか、ネールを拾ってくれた。まるで御伽噺《おとぎばなし》の王子様みたいな人が、だ。

ネールはベッドに運び込まれて、毛布を掛けられて、優しく笑いかけられて……ああ、これは夢なんだ、と思った。きっと目が覚めたら自分は魔獣の森の、自分の巣穴の中に居るんだろう、と。

……だがそんなネールの思いを他所《よそ》に、夜が明けて朝になってネールが目を覚ましても、未だネールは宿のベッドの中に居たし、隣のベッドには人一人分の膨らみがあった。

それでもネールは少し不安になって、そっとベッドを抜け出して、ランヴァルドを起こさないように、そっと、そっと、気配を殺しながら隣のベッドを覗き込んだ。

やっぱり、ランヴァルドはそこに居た。そこで眠っている。呼吸の度、緩やかに毛布が上下しているのを見て、ネールはようやく、自分以外の誰かが自分の傍に居ることを実感した。

夢みたいだったのに、夢じゃなかった！

ネールは興奮に頬を上気させて少しおろおろすると、すぐ思い出して、自分の荷物袋から金貨を一枚取り出す。

……朝、ランヴァルドが起きたら一番に、金貨を渡そう。そしてまた一日、雇われてもらいたい。傍に、居てほしい。

ネールはそう意気込んで、金貨を手に、じっと、ベッドの中のランヴァルドを見つめ続けるのであった！

＋

……ランヴァルドは、窓の鎧戸の隙間から差し込む日の光を感じ取り、目を覚ました。

そして、自分に向けられた視線と気配を感じてすぐ、ベッドの中に入れていた剣に手を掛ける。

……が。

ランヴァルドの目の前にあったのは、海色の瞳。……そこに居たのは、ネールだった。ネールはなんとも幸せそうに、ほわほわした笑みを浮かべて、ランヴァルドを見つめていたのである。

ランヴァルドはゆるゆるとため息を吐いて、剣から手を離した。

「……おはよう。心臓に悪いから、寝ているところを延々と見つめているのはやめてくれ」

こういうところから教育してやらないといけないのか、とランヴァルドは朝から気が滅入《めい》ってきた。ネールは強く美しい少女だが、それはそれとして、やはり無知である。常識が無い。人間らしい生活をしていなかったのであろう弊害が見事によく出ている！

「……ん？」

だが、ネールがそっと差し出してきたものを見て、ランヴァルドはきょとん、として、それから苦笑した。

「ああ、そういうことか」

ネールが差し出してきたのは、金貨だ。ぴかぴかの、金貨。昨日、ランヴァルドが買取の店との間に入ってやって手に入れたものだ。それを一枚、ネールはランヴァルドへと差し出している。

「分かった。今日も一日、雇われてやろう。よろしくな」

ランヴァルドはネールから金貨を受け取ると、笑って手を差し出す。ネールはすぐさまランヴァルドの手を両手で握ると、ふり、ふり、と上下に振ってにこにこするのであった。

……ネールの無垢《むく》で健気《けなげ》な様子を見ていると、ぼったくっていることに少しばかり、罪悪感を覚えないでもないが。だがそれでもランヴァルドは金貨を受け取り続けるだろう。何せ、悪徳商人なので……。

それから、簡単に身支度を整えた。

とはいえ、荷物をほぼ全て失ったランヴァルドが整えられるものといったら、精々、髪程度なも

だから今回は、まあ、悪徳商人の顔は引っ込めておくことにする。

「買取ですか？」

「ああ。こちらを」

ランヴァルドは早速、自分の懐から大切にしまっておいた鋼鉄鷲の尾羽を出した。魔石はまだ、出さない。今後、また魔獣の森に行って稼ぐようなことがありそうな以上、怪我への備えはあった方がいい。

「ほう！　これはいい尾羽ですね。これを矢羽根にすれば、本当によく、真っ直《まっす》ぐ矢が飛ぶだろうなあ……」

店主は早速、鋼鉄鷲の尾羽の状態を確認していく。ネールはその間、店内をきょろきょろ、と見回したり、カウンターの上の尾羽を見てみたり、とそわそわしている。彼女にとってこうした『ちゃんとした』店は馴染みが無いのだろう。だからこそ、昨日のような裏通りのああいう店でぼったくられていたのだ。

「ふむ……これならば、銀貨三枚でいかがですか？」

「ああ。それでいい」

そうして、鋼鉄鷲の尾羽数枚は、それだけで銀貨三枚の値になった。要は、これだけで三日ほど宿に泊まって食事を得られる、というくらいの値段である。小遣い稼ぎとしては上等だ。

「ところで、売っているものがあったら見せてほしいんだが……」

「ほう。何をお探しですか？」

「まあ、色々と。商品を含めて、荷物を一式失《な》くしてしまってね」

ついでに売っているものも見てみることにする。薬や包帯の類や鞄《かばん》……そういった品はごく僅かで、何よりも多いものは、やはり魔物の素材や魔石の類。つまり、魔獣の森の恵み、という訳である。

ランヴァルドはそれらを見て商品を選ぶふりをしながら、一通り、商品の品質と値札とを頭に叩き込んだ。やはり、ランヴァルドの記憶よりも幾らか、価格に変動がある。……つまるところ、このカルカウッドでは今までネールが高級品を安値で買い叩かれていたために、需要と供給の均衡が他の都市とは違うのだろう。

ランヴァルドのような旅商人は国中に居る。だが、それだって、都市と都市との間での流通には限界がある。南の都市で供給過多になっているものが北の都市で需要過多になっていることだって珍しくないのだ。

「この背嚢を貰おう。中々質がいいな」

そうして相場を覚えたランヴァルドは、背嚢に目を留めた。荷物を全て失ったランヴァルドが最初に手に入れなければならないものは、荷物を詰めるための鞄の類なのだ。

「ええ、お目が高いですね。これは魔獣の森の魔物の皮で作ってあるものですから、こんなに薄いのにとてつもなく頑丈なんですよ。軽くて丈夫でしなやかで、使い勝手がいい。銀貨六枚でお譲りします」

……ランヴァルドは、少々迷う。銀貨六枚、というと、まあ、そう安いものではない。だが、これから長らく使うことになるであろう背嚢だ。品質の良さもあり、まあ仕方が無いか、と思う。

だが……足掻けるところは足掻く。

「なら、隣のもう少し小さいのと合わせて二つで金貨一枚ってのはどうだ？」

ランヴァルドは、値切れるところはきっちり値切りたい。少しでも得を取りたい。そういう性分なのであった。

「ほら」

そうして店を出たランヴァルドは、買ったばかりの背嚢をネールに渡した。

ネールはぽかん、としながら背嚢を受け取る。……そしてまた、ぽかん、とランヴァルドを見上げるのだ。

「背嚢。今のじゃあ使い勝手が悪いだろう？　こっちを使え」

ネールはよく分かっていない様子であったが、上等な革のしなやかな手触りに、ほわ、とため息を吐いて目を輝かせた。

「お前は俺の雇い主なんだからな。ちゃんとした装備で効率よくやってもらわなきゃ困る。言ってみれば、これは俺からお前への投資だ。気にせず使ってくれ」

ランヴァルドの言葉の意味も、理解できているのかいないのか。それはさておき、ネールは花が綻ぶような笑顔で頷くと、早速、ランヴァルドが渡した背嚢を背負い始める。新しい背嚢を背負ったネールは、ぴょこ、とその場で跳ねてみたり、背を振り返って背嚢を眺めてみたり。……まあ、嬉しそうである。ランヴァルドはそれを見て大いに満足した。

……背嚢は、大切だ。特に、魔獣の森で稼ぐのならば。

集めたものをどれくらい持ち帰れるかは、背嚢にかかっている。容量が必要なのは勿論、背嚢自体が軽ければより良い。それでいて丈夫でなければならない。

ランヴァルドは、『すぐに背嚢の元を取ってやるさ』と意気込んで、次の店へ向かう。

それからランヴァルドは、ネールを伴ってあちこちで必要なものを買い集めていった。

まずは着替えをもう一着ずつ。続いて薬や包帯の類。干し肉やビスケットといった携帯食の類に、水筒、瓶。それから、紙やペンやインクや手帳、櫛や剃刀、手鏡、爪を整える小さなナイフ……といった、商人に必須の道具類も。

……そうしたものを一通り買い集めて、ひとまずランヴァルドは再び『ふりだしまで戻る』ことができた。脚の腱を切られて魔獣の森に置き去りにされた昨日から考えてみれば、『ふりだし』に一日足らずで戻ってきたことは奇跡と言えるだろう。

「さて……ネール」

だが、『ふりだし』で満足するようなランヴァルドではない。早速ネールに話しかけてみると、ネールは嬉しそうに顔を上げて、ランヴァルドを見つめるのだ。実にいい。やる気のある無知な雇用主というものは、実にいい。

「この後、飯を食ったら魔獣の森へ行ってみよう。いいか？」

ランヴァルドがそう問いかければ、ネールは笑顔で頷くのだった。


カルカウッドから魔獣の森までは、歩いて一時間かそこらである。少し早めの昼食を摂ってから町を出れば、正午を少し回った頃にはもう、魔獣の森に到着していた。

「よし……じゃあ、いつもお前がやっているみたいにやってくれ。ただし、俺は戦えないからな。護衛は任せるぞ。教えた方がいいことがあれば、その都度教える」

ランヴァルドは少々の緊張と共にそう言って聞かせる。するとネールは、こくん、と頷いた。

……まあ、昨日、魔獣の森を抜けるまでの間の護衛の様子を見ている限り、ネールは十分、護衛としてもやっていけるように思われた。だから大丈夫だ、とランヴァルドは自分を奮い立たせて、ネールと共に魔獣の森へと踏み入っていく。つい昨日、信頼できるはずの護衛に裏切られた身としては無謀なようにも思われたが、『危ない橋』を渡ることには定評のあるランヴァルドなのである。

……魔獣の森は今日も薄暗く、魔力に満ちている。

この国には各地にこうした魔力の多い場所があるが、その中でもこの『魔獣の森』はそこそこの規模であった。

魔力が多いということは、魔力による産物が多いということ。森の奥へ踏み入ればそこは、希少な薬草や鉱石、最高級の果物や霊水といった品物の宝庫だ。

……だが、魔物の巣窟でもある。

魔物とは、獣の類が膨大な魔力に晒《さら》されて変異したもの。或いは、純粋な魔力から生まれ出《い》でし生粋の化け物。それらの総称である。

魔力の濃い場所に生きる生き物は、大抵が魔物へと変ずるものであり、それらは大抵、人を襲う。それでいて、普通の獣などとは比べ物にならない程に、強い。魔力によって毛皮は強靱《きょうじん》に、爪や牙は鋭くなっている。その骨も、筋肉もそうだ。

だから大抵の冒険者は、森の浅いところを行ったり来たりして獲物を探すものだ。森の浅いところならば魔力が薄いので、魔物は出にくい。出たとしても、そこまで強い魔物は出てこないのだ。

だが同時に、魔力の濃い森の深部に出るような強い魔物の方が、その毛皮や牙の価値が高い。

金剛羆もその例だが、濃い魔力によって変性した魔物の牙や毛皮は高く売れるのである。冒険者の中でも腕の立つ者達は、敢《あ》えて森の深部へ潜っている。ランヴァルドが雇って裏切られた例の護衛達も、そうした腕の立つ冒険者であった。

……そして、ランヴァルドは森のどこへ向かうかと言えば……ネールを伴ってまっすぐ深部を目指す。危険はどうでもいい。とにかく、金だ。金を稼ぐために、深部へと向かうのだ。

魔獣の森を歩いて少しすれば、案の定、魔物が襲い掛かってきた。

それは、樹皮のような奇妙な鱗《うろこ》を持つ大蛇である。だが、大樹蛇と呼ばれるそれに向かってネールが駆け出したと思ったら、次の瞬間にはもう、ネールのナイフが大樹蛇の首を刺し貫いていた。実に仕事が早い。

「ああ、待て。こいつの牙を採るなら、その前に毒を採った方がいい」

そして、早業のネールは早速大樹蛇の牙を抜こうとしていたので、ランヴァルドは慌てて、小瓶片手に大樹蛇の死体へと向かっていく。

「いいか？　こういう風に、瓶を牙に押し当てておいて、それから目の後ろ辺りを押すんだ。そこに大体、毒腺がある」

ランヴァルドは説明しながら説明通りに動き、そうして、大樹蛇の毒を採る。牙を伝って毒が滴り落ち、小瓶はすぐに満たされた。

「反対側の牙の方もあるからな。やってみろ」

瓶を渡してネールにやらせてみると、ネールは緊張した様子ながらもランヴァルドがやっていた通りに動いて、見事、大樹蛇の毒で小瓶を満たすことができた。……ネールは無知でこそあれ、愚かではない。教えればそれなりに伸びそうだ。ランヴァルドは少々、安心した。

「毒を抜き切ったら牙を抜くぞ。大樹蛇の皮は大した値にならないからな、残りは捨て置こう。他の魔物の餌になるだろうから」

ほら、と空の瓶を渡せば、ネールはこくこくと頷いて、喜んで大樹蛇の採毒に取り掛かっていく。二本目の小瓶に移る頃にはネールの手つきも慣れたものになっていき、そうして大樹蛇の毒腺が空っぽになる頃には、すっかり手慣れた様子になっていた。

続いて牙を抜いていくが、こちらは既に何度もやっていると見えて、実に鮮やかな手さばきであった。ランヴァルドは『本当にこいつはこれで生きてきたんだな』と少々複雑な気分になる。まあ、痛ましいことだ、と思う程度の良心も、無い訳ではない。普段はできるだけ、意識の外に押しやっているが。

……そうしてネールの採取風景を見ていると、ふと、背後から気配がした。

「っと」

ネールが気づいて動くより先に、近かったランヴァルドが動く。

ランヴァルドは剣を抜き、すぐさま襲い掛かってきたそれに向けて、防御の構えを取った。

……基本を忠実に押さえた型だ。それでいて、その基本を何百何千と繰り返してきたことによって生まれる滑らかさがある。

ランヴァルドは落ち着いて、突進してきた小型の魔物……雷鳴猪《らいめいいのしし》の幼体を受け流す。ひとまず、魔物の幼体の攻撃を一度避けるぐらいなら、ランヴァルドにも何とかなるのだ。

そして、二撃目が来ることは無い。採取作業を中断したネールが宙を舞い、空からナイフを振り下ろして雷鳴猪を仕留めていたからである。

「本当にバカみたいに魔物が出てきやがるんだな……」

やれやれ、とランヴァルドが剣を納めていると、雷鳴猪を仕留めたばかりのネールが駆け寄ってきた。ネールは心配そうな顔でランヴァルドの周りをくるくると回っている。

「ああ、別に怪我は無い。そんな顔するな」

大方そういうことだろう、と踏んで言葉をかけてやれば、ネールは申し訳なさそうに、こく、と頷いた。……どうやら推測通り、ランヴァルドの怪我を心配してくるくるしていたらしい。実に善良なこったな、とランヴァルドは少々、複雑な気分になる。自分は心配されるような善良な人間じゃないんだぞ、と。

そんな折、ふと、ネールはランヴァルドの剣を指差して、不思議そうに首を傾げてみせた。こちらも概ね意図を推測できる、だろうか。

「剣か？　まあ、基本くらいはできる。一応、帯剣してる以上はな。あと、弓も多少は使える。こっちも嗜《たしな》む程度、だが」

ランヴァルドがそう言えば、ネールは納得したように、ふんふん、と頷いた。ついでに、少々その目が輝いて見えたので釘《くぎ》は刺しておく。

「……おい。期待はするなよ？　俺は別に、強くはないからな。訓練をマトモに積んでいないような素人相手ならいざ知らず、戦うことを生業としている奴らに勝てる程は強くない。魔物なんて以《もっ》ての外《ほか》だ。今のだって、まっすぐ突っ込んでくる魔物でなかったら、怪我は免れなかっただろうな。それに加えて言えば、二回目の攻撃を防げるかどうかは時の運、ってところだ」

そう。ランヴァルドは残念ながら、然程強くない。

真っ当に教育と訓練を積み上げ、教養として剣術と弓術を身につけた、という程度のものでしかない。ランヴァルドには武術の才は、無かった。……だからランヴァルドは商人になったのだ。

「ところでお前の得物はナイフ二本か」

ランヴァルドは、ついでにネールの戦い方についても聞いておくことにする。ネールはこくこく、と頷いて、ナイフを見せてくれた。

……ナイフは二本とも、異なる意匠のものである。刃は勿論、柄《つか》の長さもバラバラだ。粗雑な造りをしているところを見るに、安物だろう。また、随分と古びている。石で研いで手入れしているのだろうが、刃は大分、すり減っている様子だった。

「……このナイフは拾ったものか？」

そういうことだろうな、と薄々察しつつランヴァルドが尋ねれば、ネールはこくんと頷いた。

……この森で拾えるナイフや短剣の類、と言えば……この森で稼ぐことを夢見てやってきて、そして不運にもこの森で命を落とした誰かの遺品が転がっていたもの、ということなのだろう。納得である。

「お前の手にちゃんと合っているものを選んだ方がいいかもしれないな」

ランヴァルドがそう言うと、ネールは不思議そうに首を傾げつつ、こく、と頷いた。『そういうものなのか』と一応納得した、らしい。……自分の手に合う武器を使ったことが無いから、『これが手に合っているかどうか』もよく分からないのだろう。いよいよ、少々不憫《ふびん》に思えてきた。

「お前の戦い方なら、武器は有り合わせでもなんとかなるのかもしれないけれどな。まあ、折を見て色々試してみてもいいだろう」

……ネールの戦い方は、手練《てだ》れの暗殺者めいた風変わりなものである。少なくとも、ランヴァルドが今までに読んできたどの教科書にも載っていないようなものだ。

身軽に動き回って、敵の死角にするりと潜り込んで、そして、容赦なく急所狙いの一撃を繰り出す。そんな戦い方は、恐らく敵からしてみれば、『ふっ、と姿が掻《か》き消えたと思ったらいきなり喉を斬り裂かれていた』というように感じられるだろう。想像してみるとなんとも恐ろしい。

更に、ネールは恐らく、無意識に魔法を使っている。稀有《けう》な例だが、教養も何も無い者が魔法を使うことも例が無い訳ではない。それらの多くは、ネールのように『無意識』な使用である。

ネールは魔法によって身体能力をあり得ない程に高め、ナイフの切っ先を制御して、そうしてあの、鋭すぎるまでの一撃を繰り出しているのだ。

「お前の戦い方は、誰かに習ったのか？」

一応聞いてみるが、ネールは首を傾げ、うん、と頷き……しかしその後すぐ、ふるふる、と首を横に振った。よく分からないが、基礎は教わったがその後は我流、といったところだろうか。ランヴァルドはため息を吐く。

魔獣の森で生きていくためにあの戦い方を身につけ、そして実践し続けているのだとすると……このネールという少女は、戦うための天賦の才を持つ者であるらしい。


それからも、ランヴァルドとネールによる採集は続く。

ランヴァルドはネールに、より高値で売れる薬草を教えてやり、魔石の採掘の仕方を教えてやり、魔物の素材の採取を教えてやり……ひたすらにネールの先生役をやっていた。

その一方で、ランヴァルド自身が働かなければならないことは、然程多くなかった。本当に、ただネールに知識を与え、実践させ、助言を与え、そうして上手くいったら褒めてやる……といったことを延々とやっていただけである。

それだけなのだが、いつの間にやらランヴァルドの背嚢も、随分と膨れ上がっていた。

……というのも、ランヴァルドが想定していた以上の効率で、様々な素材が集まってしまったからである。

本来ならば冒険者達が数人がかりで十分も二十分も、下手すれば半刻程度は戦い続け、そうしてようやく倒すのであろう魔物は、ネールの手にかかればほんの一瞬で死んでいった。ついでに、ネールはこの森で長いことやっているのか、皮を剝いだり牙を抜いたりする作業が極めて早い。ランヴァルド自身も器用なものだから、そうした作業が早い。おかげで、魔物の素材が集まること集まること！

更に、命知らずな冒険者であっても踏み込まない程の深い深い森の奥には、珍しく高価な品が、それこそ溢れかえるように在ったのである。

無造作に拾い上げた小石は上等な魔石であったし、当たり前のように生えている花は希少な薬草であった。そして、襲い掛かってくる魔物は、それこそ伝説にも名を残すような、そんな大物揃いである。

……中には、ドラゴンもどきすら、居た。ごく小型で牛程度の大きさでしかなく、かつ純粋な魔力のみから生まれたドラゴンではなく、恐らくトカゲが魔力の影響で魔獣となった『もどき』の類だったのだろうが……それでも、鱗は硬くて皮は強靭で、そして爪と牙は恐ろしく鋭い。だがそんなドラゴンもどきすら、ネールはあっさりと仕留めてしまえるのだ！

「おい、ネール！　そろそろこっちの鞄もパンパンだ！　戻るぞ！」

そうしてネールの背嚢は勿論、ランヴァルドの背嚢もパンパンに膨れた状態になって、ようやく、ランヴァルドは魔獣の森を引き上げることにした。

……ランヴァルドはネールの先生役であるが、同時に、荷運び役にもならざるを得ないらしい。

まあ、背嚢の重さは金の重さだ。これで大分稼げるだろうと思えば、荷運びも本望、といったところである。


帰り道、ネールは上機嫌であった。

パンパンに膨れた背嚢を嬉しそうに背負い直し、ランヴァルドを見上げ、そうして元気に歩く。

……こんな少女が、魔物をいとも簡単に屠っていくのだから、少々の寒気を覚えないでもない。

ランヴァルドはネールを見ていて、『この少女には恐怖というものが無いのだろうか』と思った。

ネールはあっさりと魔物の懐へ飛び込んでいくが、それで仕留め損なったなら、まず間違いなく助からない。だというのにあの戦い方だ。躊躇無く、遠慮も無い。命を奪われる恐怖も、奪う恐怖も、何も無い。……そんな風に、ネールは戦う。

普通の人間には、まずできない戦い方だ。あの技術、技量もそうだが、何よりも、あの戦い方を選んで実行できる精神が、あまりに異質なのだ。

……ネールというらしいこの少女は一体、何者なのだろうか。やはり、魔物が人間に化けているだけなのでは。

考えかけて、ぞっとする。ネールの笑顔の奥に、底知れぬものがあるような気がして。

……だがランヴァルドは頭を振った。考えても意味が無い。今、商売の元手となる金銭すら失ったランヴァルドが再び金貨五百枚を稼ぐには、ネールの能力を利用するのが手っ取り早いのだから。

今更、その方針を変えるつもりは無い。

「買取の店に行くのは明日にしよう。今日のところはまず、宿で採集物の確認だ」

ランヴァルドがそう言えば、ネールはこくこく、と頷いて、上機嫌でランヴァルドの後をついてくる。

……ネールの正体も、意図も、よく分からない。だが、ひとまず彼女が好意的であることは間違いないだろう。

ランヴァルドはそう思い直して、カルカウッドへの道を急ぐのだった。


カルカウッドに到着したのは夕暮れ時であった。大体、一刻半から二刻程度、魔獣の森にいたことになるだろうか。

……逆に言えば、たったそれだけの時間でこれだけの収穫があった、ということである。

「こいつはとんでもねえな……」

今日も同じ宿で同じ部屋を取り、部屋の床の上に収穫物を並べて……ランヴァルドは途方に暮れるような気分になってきた。

床の上に並べてあるものは、とにかく、とんでもない。

まず、大樹蛇の毒が小瓶に三本。牙が二本。大樹蛇の毒は調合によって薬にも使えるものなので、それなりに高値で売れるだろう。

それから、雷鳴猪の幼体の牙。そして、毛皮と肉。……雷鳴猪の肉は、旨味《うまみ》が強く人気がある。特に、まだそう大きくなっていない個体のものであるので、肉が柔らかい。余計に高値で売れるだろう。

他にも数体分の魔物の皮や牙、鱗といった品が並ぶ。昨日ランヴァルドが襲われたものと同種、金剛羆の素材もここに含まれている。本来、金剛羆はそうそう倒せる魔物ではないのだが、これだ。更に、ドラゴンもどきの鱗と皮、そして牙と爪と肉、と続く。もどきであろうが、ドラゴンの品などそうそう手に入るものではないはずなのだが、それがあっさりと、ここに並んでいる。ランヴァルドはいっそ、眩暈《めまい》すらしてきそうな気分であった。

……更に、これだけではない。拾ってきた魔石各種や薬草の類。月明かりのように輝く蝶《ちょう》の羽。それから、奥地でのみ採れる貴重な果物……黄金林檎《おうごんりんご》に水晶葡萄。そんな品も、集められている。特に果物は中々いい。何せ、貴族ですら常食できない類の貴重な貴重な食べ物だ。売るべき場所に売れば、一つ一房だけでも金貨の値が付く。

だが。

「お、おいおい！　まさかこれを食う気か!?」

ネールは、にこにこしながら水晶葡萄を一粒摘《つ》まみ取ろうと手を伸ばしたのである！

慌ててランヴァルドは止めに入った。するとネールはびっくりした顔で動きを止め、なんともしょんぼりしてしまった。

……恐らくネールは、水晶葡萄がどのくらいの値で売れるものなのか知らないのだ。彼女にとってこれは、蜂蜜入りの温かなミルクと大して変わらないに違いない。要は、『ただの美味しい食べ物』なのだ。これを採取してきたのも、売ろうと思って採取したわけではなく、単純に食料として採取しただけなのだろう。

であるからして、ランヴァルドはネールに水晶葡萄の正しい価値を教えてやる必要がある。そして、水晶葡萄を適切な価格で売り捌《さば》いて……。

「……う」

だが……どうにも、躊躇《ためら》われた。流石に。目の前に、しょんぼりとしてしまった幼気《いたいけ》な少女の姿があるので！

ネールは、水晶葡萄をじっと悲し気に見つめている。その顔には、『たべたかった』と書いてあるようである。だがそれでいて……ネールは健気にも、水晶葡萄を食べずにじっとしているのだ。

何故なら、ランヴァルドが止めたからである！

「……よくよく考えてみりゃ、カルカウッドで高級果物の需要は低いか……。黄金林檎ならまだしも、水晶葡萄は日持ちするもんじゃあねえし……そもそも、高級品を一気に一つの町で売り捌いたら値崩れがとんでもねえことになるしな……ああくそ」

ランヴァルドは自分自身に言い訳するようにぶつぶつとそう呟くと……。

「……しょうがねえ。食うか。あ、こっちの林檎は駄目だ。黄金林檎は日持ちするから売った方がいい。だから葡萄の方だけだぞ。ほら」

結局、水晶葡萄の一粒をもぎ取って、ネールの口に押し込んだのだった。

そうしてネールは、にこにこと大変な上機嫌になった。貴族ですら常食できない貴重な貴重な果物をおやつに食べているという感覚は無いだろう。だが、水晶葡萄をおやつに食べられるのも彼女の特権である。ネールの強さがあれば、確かにこれをおやつにもできよう。

ランヴァルドはネールの小さな口がもむもむと動くのを眺めつつ金貨に思いを馳《は》せていたのだが、ふと、そんなランヴァルドの目の前に、美しく紫水晶めいて透き通った葡萄の一粒が、ずい、と差し出される。

ネールはそれはそれは嬉しそうに目を輝かせて、ふわふわと幸せそうな笑顔で水晶葡萄を差し出してくるものだから、ランヴァルドもいよいよ金貨のことは頭の片隅へそっと追いやって、差し出されたそれを口にすることにした。

「あー、くそ、美味いんだよなあ、これ……」

ごく柔らかな皮を食い破れば、即座に濃厚な甘さと清涼感のある瑞々《みずみず》しさが弾《はじ》ける。ふわり、と漂う涼やかな香りも非常にいい。まるで宝石のような見た目は飾りものとしても優秀だが、やはりこれは、食べてこそのものだ。

ランヴァルドは『まあ、こういうことがあってもいいか』と諦めて、深々とため息を吐き、続けてまたネールが差し出してくる葡萄を食べてしまうことにした。

そうして翌日。

「ん……」

ランヴァルドがぼんやりと目覚めると途端に、ふささ、と隣のベッドの毛布が動き、ネールが毛布を被って丸くなった。

……何故、自分が起きた途端に丸くなるのか。その答えは考えるまでも無く、『ネールは先に起きてランヴァルドを見ていたから』なのだろう。そして、昨日の言いつけを守ってネールは『見ていなかったふり』をしたに違いない。これは一体、何なのか。そして、これをどうしたものか……。

「……おはよう」

仕方なく、ランヴァルドは隣のベッドの毛布の塊をゆさゆさとやってやる。すると、もそもそ、と毛布の塊から金髪の頭が覗いて、やがて、海色の瞳が、ぱち、と現れた。

そして、おずおずと金貨が差し出されるものだから、ランヴァルドは苦笑するしかない。

「今日はいよいよ収穫物を売る日だ。気合入れていくぞ」

ネールの頭を軽く撫でてやると、ネールは嬉しそうに頷いて、ベッドから飛び出してくるのだった。

身支度を整え、朝食を摂り……そうして二人は、昨日利用した表通りの買取の店ではなく、裏通りの、例のぼったくりの店へと向かった。

……今までネールからぼったくっていたであろう例の店をわざわざ選ぶのには理由がある。が、それは決して、『ネールから搾取していた分を取り返すのだ』というような義憤に基づくものではない。

単に、稼げそうだからだ。相手の足元を見て、自分に得な取引を持ち掛けられそうだから。要は……あくどいことをしていい相手だから、というだけである。

「よお。やってるか」

「なっ……て、てめえ、一昨日の……！」

ランヴァルドが悠々と店内に入ってすぐ、店主はランヴァルドを睨みつけてくる。だが、その後ろからネールがひょこ、と顔を出したのを見て、少しばかり焦燥を強めもした。

……当然、焦るだろう。彼は焦っている。それは間違いない。ランヴァルドはそう踏んだからこそ、ここへ来た。

「おいおい、そんなに睨むなよ。俺はあんたを助けるためにここへこいつを連れてきたっていうのに！」

ランヴァルドは少々大仰な仕草でそう言ってやってから、店主を見て、にや、と笑う。

「……魔獣の森のブツ、欲しいだろ？」

店主はランヴァルドを睨み、様子を窺《うかが》うだけだ。『欲しい』とは言わない。当然だ。信頼できない相手に自分の弱味を見せたい商人など居ない。

「そりゃ、そうだろうな。欲しいだろうな。何せ、今まで毎日のように魔獣の森のブツをこいつから買い上げてたくらいだ」

「……何が言いたい？」

「別に？　ただ、『毎日のように』魔獣の森のブツを買い上げて、だってのにそれをダブつかせてねえってことは……ま、『そういう』販路をお持ちなんだろうなあ、と思ったってだけさ」

だが、この店主は間違いなく、取引に乗る。乗らなければならない事情がある。

「そいつはさぞかし良い取引相手なんだろうな？　え？」

……この店主は、ネールから安く買い叩いた高級な品々を、間違いなく、不正な販路で捌いていたのだろうから。

ランヴァルドはこの店主について全てのことが分かる訳ではないが、ある程度、推測できることはある。それは、『ネールから買い叩いたものを裏稼業の者に対して売り捌いていたのだろうな』ということ。それも、そこそこに大きな組織の者達だろう、ということだ。

ネールがランヴァルドと会う前、どのくらいの頻度で魔獣の森の素材を売っていたのかは分からない。だが、そう低い頻度ではあるまい。

そしてこの店は、そんな高頻度で高級品を手に入れて、それを値崩れさせずに売り捌いていたのだ。当然、カルカウッドの外に安定した販路があることになる。それも、高級品をぽんぽん売り捌ける相手だ。貴族か王族か……はたまたそれに近い財力を持つ者との繋《つな》がりがあるような、そんな相手だろう。

そして……そう考えれば、まあ、裏の連中だろうな、と容易に想像できた。何せ、この店は『王家御用達《ごようたし》』でもなければ『優良店』でもない。つまり、公的には売り上げを知られておらず、税を納めていない可能性が高いのだ。

……この時点で、脱税の通報をしてやっても、まあ、いい。だが。

「な？　あんたも、突然魔獣の森の素材が手に入らなくなっちまったら困るだろう？　取引先だって困るはずだ。何なら、今まで通りに供給できなくなったお前は取引先に見限られて、通報されちまうかもな。だから……ま、『人助け』と思って、持ってきてやったんだ。感謝してもらいたいね」

ランヴァルドは、悪徳商人だ。悪いことをして稼いでいる奴が居たならば……通報なんてしない。ただ、そこに自分も乗っかって、甘い汁を吸えるだけ吸う。

「……で、その分、当然、俺にも見返りを貰えるんだろうな？　ええ？」

悪徳商人、極まれり。ランヴァルドがにやりと笑えば、店主は苦虫を噛み潰したような顔をしていた。

……そうしてランヴァルドがにやにやしながら店主の決断を待ったところ、ほんの一分程度で店主は決断してくれた。

まあ、つまり、ランヴァルドが甘い汁を吸うことに同意してくれたのである。ものすごく嫌々と。ものすごく渋々と。

ランヴァルドは『いいね、賢い奴は嫌いじゃないぜ』と笑みを漏らしつつ、ネールを促して、カウンターの上に背嚢の中身を出させた。

ネールは、彼女の肩ほどの高さにあるカウンターの上に、よいしょよいしょ、と頑張って背嚢の中身を並べていく。

「……おいおい、こりゃ、いつにも増して……ヤベえな」

……が、品が並んでいくにつれ、店主の目の色が変わる。ネールは新たにちゃんとした背嚢を手に入れて、ランヴァルドの指導の下で持ち帰る品を選んできた。当然、今までとは量も質も各段に上がっている。

「金剛羆の皮か……」

「ああ。状態も悪くないだろう？　傷も少ない」

皮というものは、状態によって価値が大きく変わる。当然、魔物を仕留める際に手数が増えれば、皮自体に傷がついて値が落ちていくわけだ。だから大抵の場合、皮を目当てに狩りをする者は、弓を使う。矢の一撃だけで仕留めようとするのだ。そうすれば矢が突き刺さった小さな穴が空いただけの、傷の少ない毛皮が手に入る。

……が、ネールは得物がナイフ二本であるにもかかわらず、恐ろしいほどに傷の少ない毛皮を手に入れてくる。

というのもネールの戦い方は暗殺者のそれであるからだ。死角から一気に相手の懐へ潜り込み、喉に一撃。硬く分厚いはずの毛皮を鋭く斬り裂いて、そのまま魔物を仕留めてしまう。……こうしてほとんど一撃で仕留めてしまうから、ネールが狩った魔物の皮は傷がほとんど無いのである。

「……毎度のことだが、こいつはどうやってこんな毛皮を手に入れてる？　まさか、こいつ自身が狩るわけじゃや、ねえだろ？」

「さあて。そいつは秘密ってことにしておこうかな」

店主は疑うような、そして怯えるような目でネールをちらりと見たが、ネールはきょとんとしている。……幼い少女がこんなに美しく金剛羆を倒せるとしたら、そいつは化け物だ。そう思われるのも、無理はない。ランヴァルドにもその気持ちは理解できる。ランヴァルドだって、ネールに対して同じような恐怖を感じないでもない。

「で、まだあんのか？　おいおい……なんだこりゃあ」

「そんな顔するなよ。沢山あった方がいいだろ？」

カウンターの上にはまだまだ品が並ぶ。

金剛羆の皮に始まって、大樹蛇の毒と牙、雷鳴猪の肉……他にも数点の毛皮。毛皮の中には、ネールが昨日まで背嚢もどきとして使っていた氷雪虎の毛皮も並べてある。それはあまり状態が良くないが、それでも売れることは売れるだろう。そして、ドラゴンもどきの皮や鱗……更に、薬草に果物、その隣には、最高品質の魔石までもが並べば、いよいよ店主も慄《おのの》くという訳だ。

……こうして、恐ろしいほどの品々がたっぷりと並んだカウンターの前で、店主はあんぐりと口を開けている。

本来ならば、これだけ一度に売ったら値崩れする。だから、値崩れを防ぐためにも肉や皮はともかく、鱗や牙など放っておいても腐ったり傷んだりしないものは取っておいて、また別の店、別の町で売り捌くのが普通だろう。

どんなに希少な品であっても、一気に売ってしまえばその価値を大きく減じることになる。特に、このカルカウッドは魔獣の森の一番近くの町だ。供給は他の町より多い。

……だが、この店は素晴らしいことに、裏の販路を持つ悪徳店だ。この店に売り捌くなら、値崩れも然程気にしなくていい。そもそも、ランヴァルドは店主の弱味を握っている。だから足元見放題。多少の嫌な条件なら全て呑《の》ませてしまえる立場にある。

「さて。これら全部、幾らで買う?」

店主が懸命に計算を始めたのを見ながら、ランヴァルドも同時に自分の頭の中で相場と需要と供給を合わせて『大体こんなもんか』と値段をつけていく。勿論、この店が脱税している、ということも加味しての値段だが。

「……そうだな」

店主は、ちら、とネールを見てから、その後ろにずっと立っているランヴァルドを、ちら、と見て、また品物を見る。その表情は、苦い。

それはそうだろう。ネールだけなら幾らでも騙せた。だが、今、ネールの後ろにはランヴァルドが居る。店主の後ろ暗いところを暴ける程度に賢く、その上でその後ろ暗さに乗っかってくるランヴァルドが、厚かましくも笑顔でそこに居るのである！

「……全部で金貨九枚と銀貨七枚。どうだ」

結局、店主は多少の緊張感を滲《にじ》ませながら、そう提案してきた。

「うーん……そうだな」

だが、ここで素直に『はいそれで』と言うランヴァルドではない。悪徳商人は金を毟《むし》り取ることにかけては執念が凄《すさ》まじいのである。

「なら、これも足して、金貨十枚でどうだ」

ランヴァルドは懐から魔石を一粒出して、そっと添えた。小粒ながら上質な魔石だ。魔獣の森で戦う者が多いカルカウッドには、魔法を使う者も集まってくる。よって魔石の相場も相応に高い。これ一つで銀貨一枚の価値には十分能《あた》うだろうが……。

「……仕方ねえな、くそ、持ってけ！」

結局、店主が少しばかりおまけしてくれる形になっただろうか。まあ、店主は弱みを握られているのでどうしようもない。そしてその判断は、正しい。

「よーし。交渉成立だな。ありがとよ」

……ランヴァルドと敵対しても良いことなど無い。

『悪徳商人』は賢《さか》しく、そして決して良心的などではない。ランヴァルドを相手にするのであれば、何はともあれ、ランヴァルドと手を組む立場で居た方がいいのである。


「大分儲かったな」

店を出て、ランヴァルドは上機嫌である。金貨十枚。これは大きい。

もし、表通りの買取の店を利用していたならば、得られた金貨はどんなに多くても七枚かそこらだっただろう。そう考えると、脱税店様様である。

「じゃ、お前の取り分だ。仲介料はこっちで貰っておくぞ」

ランヴァルドの交渉で買値が上がったことも踏まえて、ランヴァルドは金貨五枚を貰っておく。ネールは金貨五枚を手に入れて、にこにこと嬉しそうに頷いた。半分もランヴァルドに持っていかれていることについては、まるで気にならないらしい。健気なことである。

「どうする？　今日の午後も軽く森に潜ってもいいが……」

ランヴァルドがそう提案してみると、ネールは少し首を傾げつつ、考えるそぶりを見せ……そして、こくこく、と笑顔で頷く。どうやら、稼ぐ気合は十分であるらしい。なんとも働き者の雇用主である。

それからランヴァルドとネールは昼食を摂り、午後はまた、魔獣の森へ潜った。

昨日の今日だから収穫は減るだろうと思われたが、そんなことも無かった。今日も魔物は元気いっぱいに襲い掛かってきてくれたのである。

「ったく、本当に『魔獣の森』の名は伊達《だて》じゃないな……」

ランヴァルドはネールを手伝って魔物の皮を剝ぎつつぼやく。ついでに、『脱税の為《ため》にこの森を抜けようなどと考えるべきではなかったな』と改めて思った。この森はあまりに危険すぎる。ここまで魔物が出るという話は聞いていなかったのだが、ここ最近、事情が変わったのだろうか。

「……う」

そんなことを考えていたランヴァルドだが、ふと背筋を走る感覚に身を震わせる。ぞくり、とするような感覚の後に熱に浮かされるような感覚が続く。そして、ぐるり、と視界が揺れる。

ランヴァルドがその場に蹲《うずくま》ると、ネールはすぐさまぴょこんと戻ってきて、心配そうにランヴァルドの周りをくるくる回る。

「いや、大丈夫だ。この辺りは魔力が濃いもんだから……少し、酔っただけだ」

幸い、症状には覚えがある。そして一過性のものだとも分かっている。……要は、魔物が生まれるような魔力の濃い場所に居ると、その魔力に中《あ》てられるのだ。ランヴァルド自身は多少、魔力に敏感な方であることもあって、魔力酔いの類をよく起こす。

「ほら、さっさと皮剝いで次行くぞ」

少し蹲っていれば、自分の魔力が安定してきて症状が収まった。ならば休憩は終わりだ。またさっさと働いて、次なる獲物を狙いにいきたい。手早くナイフを動かし始めれば、ネールもまた、すいすいとナイフを動かして皮を剝ぐ作業を進めていった。

……そういえば。ネールはこの森を元気に駆け回っているわけだが、魔力酔いの類とは無縁なのだろうか。

或いは、魔力酔いというものを知らないばかりに、症状が出ていても気づかない可能性もある。……バカは風邪をひかない、とも言う。

まあ、どんな事情であれ……魔力酔いしないらしいネールが羨ましいような、羨ましくないような、複雑な気持ちになりつつランヴァルドは作業を進めていった。

そうしてまた夕暮れ前まで働けば、それだけで二人分の背嚢がいっぱいになってしまった。

魔物の毛皮や牙ばかりでは流石に値崩れするだろうか、と考えたランヴァルドによって、今日は薬草の類が多めに採取されている。薬になるものも、毒になるものも、この森には数限りなく存在している。少し草を摘んで帰ればそれだけで大金を得られるのだから、やはり、この森は素晴らしい場所だ。……ここに滞在していても死なない程度の武力と運があるなら、だが。

「……それ持ったまま宿に戻ると顰蹙《ひんしゅく》を買うだろうからな。このままさっきの店に戻って、売る物売ってから宿に戻るぞ」

ネールは、葉や樹皮が薬になる樹《き》の大ぶりな枝を一本丸ごと抱えている。ネールがてくてくと歩く度、ネールの身の丈より長い枝の先にたっぷり茂った葉っぱがわさわさ揺れて、中々に賑《にぎ》やかだ。

ランヴァルドは、『あの店の店主が腰を抜かすだろうな……』と思いつつ、元気に歩くネールを伴ってカルカウッドへ戻っていくのだった。

案の定、買取の悪徳店を訪ねたら、店主に驚かれた。ついでに、『こんなに一気に寄越すな』とも言われたが、ランヴァルドが『黙って買わないなら俺はこの店を脱税の疑いで通報するか、はたまたお前の後ろに居る連中をちょいと困らせてやるかのどっちかしかない』と返して黙らせた。そして買わせた。

また金貨八枚の値で素材を買い取らせて、ランヴァルドはネールを連れて、ほくほくと宿へ戻る。

「いやあ、お前は中々にいい拾い物だったな。お前に出会えて本当に良かったよ」

ランヴァルドが上機嫌にそう言えば、ネールは不思議そうに、しかしなんだか嬉しそうにそわそわと首を傾げてランヴァルドを見上げてくる。

「これからも頼むぜ、ネール」

詳しい話などしない。ランヴァルドはただそれだけ言って、ネールに笑いかけてやる。そしてネールはまるで気にする様子もなく、ただにこにこと笑って頷くのだ。

……非常に強くて、金になる。それでいて無知で、実に騙されやすい。ランヴァルドのことを善人か何かだと勘違いして、健気に後をついて歩く。こんなに都合のいい存在が、果たして他に居るだろうか?

本当に、ランヴァルドはいい拾い物をした。これなら失った分の金貨を取り戻すのもそう遠くないだろう。

そうして宿で夕食を摂って、早めに就寝した。ベッドに潜れば、すぐに眠気が訪れて、そうして眠って、気づいたらもう朝だ。鎧戸の隙間からは朝陽が漏れていて、鳥の囀《さえず》りが聞こえ始めている。

そして。

「……ん?」

ランヴァルドは大きく伸びをしてから、ネールのベッドを見た。

……ネールはまた、もふ、と毛布を被って丸くなっていた。ランヴァルドが起きる気配を察知して丸くなったのかもしれない。また、ランヴァルドを見ていたのだろうか。

ネールがこうなってしまうのは何故なのだろうか。まさか、ランヴァルドがベッドの中に居るかどうか監視しているわけでもあるまいに。

ランヴァルドは少々頭の痛いような気分になりつつ、ベッドを出てネールを起こす。ネールはもそもそと毛布から出てくると、ランヴァルドを見上げてにこにこと嬉しそうに金貨を差し出してきた。

ランヴァルドはそれを受け取り、大分重くなってきた財布を確かめてにやりと笑う。

だがまだ、これで満足はしない。今日は朝一番に魔獣の森へ入ってみよう。


……最早《もはや》何も考えずとも、魔獣の森でそれなりの戦果を得ることができてしまった。

ランヴァルドが教えたことは、ネールの中で着実に定着しているらしい。ネールは、高く売れるものとそうではないもの、需要が高いものとそうではないものをしっかり覚え、しっかり選んで背嚢を満たすようになってきた。

ランヴァルド自身は最早、ほとんど何もせず、ただネールを見守っているだけでよくなってきた。ネールにあっさりと狩られた獲物の皮を剝いだり、ネールの背嚢がいっぱいになってきたら『荷物は俺が持っててやるからお前は身軽でいろ』と背嚢を預かったりするだけで、後は勝手にネールがやる。

今日も中々の収穫である。ネールは狩人としてあまりにも優秀だった。魔物と戦う様子はやはりあっさりとしすぎな程だ。冒険者達があくせく働き、時に命を落とす中でなんとか手に入れているものが、こうもあっさりと手に入ってしまう。ネールには戦いの天賦の才があるのだろうが、才能というものは持たざる者から見てみれば、まあなんとも残酷なものだ。

……だが、そんな才能を利用できる立場にあれば、残酷だなどとは思わない。ランヴァルドはネールの才能を存分に利用して背嚢をいっぱいにし、そうして昼前にはカルカウッドの買取の店へと戻ることになったのである。

買取の店主は、またもやってきたランヴァルドとネールを見て『勘弁してくれ』というような顔をしていたが、ランヴァルドは容赦しない。そしてネールは只々、にこにこしているばかりである。店主を救う者は居ない！

「まあまあ、そんな嫌そうな顔するなって。あんたでも捌くのに流石に苦労する頃だろうと思って、日持ちするものを多めに持ってきたからな」

「日持ち……おいおいおいまた皮か⁉　皮なのか⁉　日持ちしねえだろうが！　せめて干してもいい薬草とか……！」

「ははは、皮なら鞣せばいいだろ」

「俺は皮鞣し職人にでも転職すりゃいいのか⁉　冗談じゃない！　あんたらがここ二日で持ち込んだ皮、全部で何枚あると思ってる⁉　十を超えてるんだぞ⁉」

皮鞣しは重労働だ。一日に何枚も鞣せるものではない。だからランヴァルドはやりたくない。が、皮を腐らせずに売りたいだけなら適当に、塩漬けにでもしておけばいいのである。無論、そうなると使う塩が馬鹿にならない量になってしまうだろうが、そのくらいの出費は呑んでもらいたいところだ。

ランヴァルドはけらけら笑いながら『ほら金を出せ』と迫ってやった。店主は『そろそろ本当に金がねえんだ！』と言いながら、金貨三枚と銀貨二十八枚をばらばらと出してきた。本当に金が無いらしい。

……だが流石にこの額でこれだけの品を売ってしまっては、ぼったくられるのもいいところである。ランヴァルドは思案した結果、牙と魔石を引っ込めて、更に、昨日売った黄金林檎やドラゴンもどきの鱗を貰って帰ることにした。これならまあ、『正規の値段』程度にはなる。

「じゃあ、また金が入った頃にまた来るからな」

「もう来ないでくれ……」

店主が『売り物が沢山くるのは嬉しいけれど限度がある』というような顔でしょげているのに笑顔で別れを告げて、ランヴァルドは店を出たのだった。

「じゃ、お前の取り分はこっちだな」

ランヴァルドはネールに金貨を二枚渡した。残った金貨一枚と銀貨二十八枚、そして引っ込めてきた牙と魔石、そしてドラゴンもどきの鱗については、ランヴァルドの背嚢の中である。ネールも大分ランヴァルドにぼったくられているのだが、ネール自身はまるで気にしたところが無い。まあ、野生同然の暮らしをしていたようなので、金というものに頓着が無いのだろう。なんとも都合のいい狩人である。

さて。そうして金も分け終えたら、また次の金稼ぎの相談だ。

「午後は……そうだな、また魔獣の森へ行ってみるか？　今日は乾燥させて使う薬草の類を教えてやるよ」

ランヴァルドがそう提案すれば、ネールは嬉しそうにこくこくと頷いた。更にきらきらと目を輝かせて、ランヴァルドに尊敬の視線を注いでくる。

……ネールの純真無垢な視線を浴びると、なんとなく、ランヴァルドは居心地が悪い。何せランヴァルドは純真無垢から程遠いので。だが、まあ、それを隠して、ランヴァルドはネールに笑いかけた。

「まあ、飯を食ってから出発しよう。何はともあれ、飯だ。折角金が入ったところだしな」

今日もまた金儲けができるわけなので、ランヴァルドとしても上機嫌だ。だがまずは食事を、ということで、ランヴァルドは買取の店の裏手にある食事処《しょくじどころ》へ向かうべく、細い道に入り……。

「よお、マグナスの旦那。随分と元気そうじゃねえか」

……そこで、出会いたくない相手と出会ってしまった。

第二章 ✿ 逃避行

多少、油断していたかもしれない。だが、それだけだ。

大金を抱えた状態で路地裏に入ることが危険だということくらいは、ランヴァルドにも分かっていた。いざそうした連中とすれ違うことになっても、それとなく通り過ぎることくらいはできる自信もあった。

だがまさか……自分の全財産を奪い、自分を殺そうとした奴《やつ》らとそこで出くわすとは、流石《さすが》に思っていなかったのである！

「……そっちも随分と元気そうだな」

「まあな。丁度昨日、大金が手に入ったところでよお」

「へえ。そりゃあよかったな」

大方、ランヴァルドから奪った積み荷を、適当に売り捌《さば》いたのだろう。ランヴァルドから奪った積み荷は、さぞかし良い値段で売れたはずだ。尤《もっと》も、この連中がわざわざ北へ売りに行ったとも思えないので、恐らく、適当にそこらへんで売ったのだろうが。

……ランヴァルドは、『なんて勿体《もったい》ないことしやがる！　俺から盗んだなら、せめてちゃんと北に運んでぼったくれ！』と少々腹が立った。

「……で、戻ってみりゃあ、運よくまたあんたに会えた、って訳だ！　まあ、あんたにとっちゃ、逆なんだろうが」

更にランヴァルドにとって悪いことに、目の前の彼らからしてみれば、ランヴァルドは正に『生きていてもらっては困る相手』である。ランヴァルドは彼らの犯罪の証人であり、彼らが盗んだ品の正当な持ち主であった。

その上、ランヴァルドは金を持っている。それも、金貨だ。その日暮らしの冒険者達《たち》にとっては、とんでもない大金を持っている相手、と言えるだろう。

……そう。彼らには今、ランヴァルドを殺さない理由が無い。


一瞬、ランヴァルドは迷った。

ここから大通りへ逃げ込めば、まあ、奴らもそうは追ってこられまい。大通りまで行けば、衛兵だって居る。当然、町の中での殺しは犯罪だ。ここで殺しをやるほど、彼らも馬鹿ではないだろう。

……だが、このカルカウッドは冒険者の町である。衛兵も、金を握らせればある程度のことは黙っていてくれるような、そんな連中が多いはず。ましてや、今ランヴァルドの目の前に居る連中は、この近辺で活動しているのであろう冒険者だ。衛兵と顔見知りの可能性も高い。元々『グル』の可能性も、無い訳ではない。

そもそも、逃げ切れるかどうかも分からない。相手は五人。それとなく動いてこちらの退路を塞ぎにかかっているところを見るに、逃げるにも中々厳しい戦いを強いられる見込みだ。

と、なると……。

「さて！　じゃあさっさとくたばりな、死に損ない！」

襲い掛かってきた冒険者達を前に、ランヴァルドは剣を抜き……そして。

「ネール！　やっちまえ！」

戸惑っていたネールに、そう、声を掛けた。

それからランヴァルドがしたことと言えば、冒険者からの一撃目をなんとか防いだのと、その次に襲い掛かってきた別の冒険者の攻撃をなんとか躱《かわ》しながら地面を転がったことくらいだった。

……そうしている間に、ネールが動いていた。

ランヴァルドに命じられたネールは一気に迷いを振り切ったらしい。その分、容赦なく冒険者達に襲い掛かった。

要は、魔獣の森で魔物相手にやっているのと同じこと。小さな体軀《たいく》を生かして相手の懐に潜り込み、或《ある》いは相手の視界から消え失《う》せておいて……そして、瞬時に喉を突いて、殺す。

まるで容赦のない戦い方だ。鍔《つば》迫《ぜ》り合《あ》いも動きの読み合いも、一切無い。剣での斬り合いが情緒豊かなものに感じられる程、ネールの戦い方は無味乾燥とした、ただの『殺し』である。

人間が人間相手にやるには、あまりにも冷たく、鋭すぎる。地面を転がったランヴァルドが見上げた先で、ネールが二人目を殺していたが……その姿を、飛び散る血飛沫《ちしぶき》を、振り抜かれたナイフの刃の煌《きら》めきを見て、ランヴァルドはいっそ、恐怖すら覚えた。

ネールの海色の瞳が、只々《ただただ》鮮やかである。だがそこに感情は見えない。彼女はただ、獲物を狩ろうとしているだけなのだ。いつも、魔獣の森でそうしているように。

一人を殺し、二人目を殺して、ネールは三人目へと向かう。

……容赦の無さといい、その手腕といい。まるきり、人間らしくない。

「ひいっ……化け物か!?」

成程。確かにこれは……化け物の所業であろう。

三人目が怯《おび》え、咄嗟《とっさ》に逃げようとしてもネールは容赦が無い。追いかけても間に合わない、と判断したのか、ナイフを投擲《とうてき》した。

だが、投げられたナイフは三人目の側頭部を掠《かす》めて飛んでいくのみとなった。……どうやら、狙いを外したらしい。魔物と人間とでは戦うにも勝手が違うのだろう。

ネールは少しばかり険しい表情になって、逃げる三人目を追いかけるべく地を蹴り……。

「ああ……ネール！　いい！　追いかけるな！」

そこでランヴァルドは、ネールを止めた。

ランヴァルドが声を掛ければ、ネールはぴたりと動きを止めて、ランヴァルドの元へ戻ってくる。

そうしている間に、生き残った冒険者が三人逃げていく。だが、それを追うことはもう、しない。

「ああ、ネール！　怪我《けが》は無いか？」

ランヴァルドはネールの両肩に手を置いて、ネールの姿を確認する。

返り血こそあるものの、ネールが怪我などするはずもない。そんなことはランヴァルドにも分かっている。だが、それでもランヴァルドは、きょとんとするネールを心配そうに見つめ、言葉を掛けた。

……それは、ランヴァルドの良心故、ではない。

冒険者の悲鳴を聞きつけて集まりつつある町の人々の目が、ランヴァルドにそうさせているのだ。

「ネール……ああ、すまない。大金を持って歩いていたばっかりに、こんな……！」

ランヴァルドはすぐさま、小芝居を打ち始める。ランヴァルドは剣をわざと血溜《ちだ》まりの中へ放り出すと、徐々に集まってくる人々の目にも見えるように、ネールを強く抱きしめて見せた。

こちらは帯剣してはいるものの、商人。そして、美しい少女。その二人組だ。片や、倒れ伏している者達は、いかにも荒くれた冒険者といった風情。

……この状況なら、ランヴァルドとネールは『冒険者に襲われた哀れな二人組』に見えるだろう。ましてや、ランヴァルドは悪徳商人だ。それなりに芝居も上手《うま》くなくては、悪徳商人は務まらない。

町の外ならともかく、町の中で人を殺すのは当然、処罰の対象となる。だが、『襲われて返り討為《ため》に無理矢理食べることも多い。だが、この宿での食事については、あまり無理矢理に頑張らずとも食べることができるのでありがたい。やはり、料理の美味さは大切だ。体の為にも。

ハーブの利いた肉団子は、表面が香ばしく焼き上げられているのだが、これが食欲をそそるのだ。添えられたコケモモのジャムは酸味が利いていて、肉団子に合わせるとサッパリとしてまた美味い。肉団子をネールにも取り分けてやりながら、ランヴァルドは食事を進めていく。

「お二人さん、楽しんでる？」

そこへ、ヘルガがやって来た。カップを持ってきているところを見ると、彼女自身の休憩、ということらしい。ちら、と覗《のぞ》き見れば、カップの中身は蜂蜜入りのホットミルクであるらしかった。ネールが注文したのを見て、飲みたくなったようである。

「美味《おい》しい？」

「ああ。美味いよ」

「それはよかったわ。そっちのお嬢ちゃんは？」

ヘルガがネールを覗き込んで微笑《ほほえ》みかければ、ネールもおずおずと頷いて、ぎこちないながらも笑みを返した。ヘルガはこれにまた『かわいい！』とご満悦である。

「それにしても、ランヴァルド。あなたが中央に来るのは久しぶりじゃない？　しばらく噂《うわさ》も聞かなかったわ。それにこのかわいこちゃんを連れてきたことといい、なんだか色々あったみたいね？」

「まあな。本当に……本当に色々あったんだ。ああ……」

ヘルガは暗に『話を聞かせて！』と言っているのだが、ランヴァルドとしては、どこからどこまで話したものか、少々判断に迷う。

少なくとも、ネールを利用するつもりで連れてきたことは言わない方がいいだろう。ヘルガはあくまでも善人だ。ランヴァルドのように、己の野望や損得のために善を捻《ね》じ曲げられる類の人間ではない。

「ところでお嬢ちゃん。あなた、お名前は？　私はヘルガ。ヘルガ・アペルグレーンよ。この『林檎の庭』亭の娘なの」

ランヴァルドが話しあぐねていると、ヘルガはネールから聞き出した方が早い、と判断したらしい。だが、ネールはまごまごしているばかりだ。

「ああ、そいつはネール。訳あって、カルカウッドから引き取ってきた。……口が利けない奴《やつ》だから、そいつから話を聞くのは難しいぞ」

ヘルガにとっては不運なことに、ネールは声を出さない。無論、ランヴァルドにとっては幸運だ。余計なことを喋られずに済むので。

「あら、そうだったの……ごめんね」

ヘルガが表情を曇らせると、ネールは、ふるふる、と首を横に振る。気にしていない、ということだろう。何とも健気《けなげ》なことである。

「ねえ、ネールちゃん。あなた、ランヴァルドに酷《ひど》いことされてないでしょうね」

「おい、ヘルガ」

ネールの健気な様子に何か心配になったらしいヘルガは、ネールにそんなことを聞き始める。勘弁してくれ、と思うランヴァルドであったが、幸い、ネールは少々むっとした表情で、ふるふるふる、と首を横に振るばかりであった。『酷いことなどされていない』と言いたいらしい。

「そう？　ならいいんだけれど……こいつ、頭はいいけれど性格はそんなに良くないからね、注意するのよ」

「おい」

「あら、本当のことじゃない？　私、忘れてないからね。あなたがうちに滞在していた時、カードゲームの卓を片っ端からイカサマで荒らし回ったの。あれ以来うちでは賭け事禁止なんだから！」

じと、とした目をヘルガに向けられ、ランヴァルドはそっと目を逸《そ》らす。が、目を逸らした先で、不思議そうな顔をしているネールの目を見つけてしまった。

「……その、ガラの悪い連中がこの宿に居座ってたのを懲らしめてやっただけだ。その結果、俺は金が手に入ったが、それはおまけみたいなもんで……」

ランヴァルドは当時のことを思い出しつつ、『まあ、ヘルガが言う事は概《おおむ》ね事実なんだが……』と気まずく思いつつ、なんとも言い訳がましく弁明する。普段の舌の回り方はどこへやら、といった拙い弁明だが、それでもネールは『なら仕方がない』というかのようなさっぱりした顔で、ふんふんと頷いた。

ヘルガは『それで納得しちゃっていいの……？』と何とも言えない顔をしていたし、ランヴァルドも『ネール、お前、それでいいのか……？』と心配になってきたが……。

「おまけ、ってねえ……。あの時のあなた、『これで商売の元手ができた！』ってほくほくしてたじゃないの」

「……そうだな。中々いいおまけだった。善行のおまけに金が付いてくるなんて、最高だよな」

「よく言うわぁー」

ヘルガはけらけらと笑って、蜂蜜入りのホットミルクのカップを傾けた。『おいしい！』とにこにこしているところを見るに、相変わらずの甘党であるらしい。

「それで、ランヴァルド。今度は何をしたの？」

蜂蜜入りのホットミルクでいよいよ元気さを増したヘルガは、好奇心たっぷりな様子で身を乗り出してくるが、彼女が期待しているような話はできない。

「何もしてない。俺は被害者だ。だが追われてる。既に二回、殺されかけてる。三度目が来そうだったから、南へ向かうフリをしてこっちに戻って来た」

「呆《あき》れた！　また危ない橋を渡ろうとしたんでしょう！　何？　今度はどこのヤクザ者の縄張りに踏み込んじゃったってわけ？」

「護衛に裏切られた挙句逆恨みされてるだけだ。本当に、誓って俺に非は無い！」

脱税しようとしていたことは確かだが、それを話すランヴァルドではない。それに、被害者であることは確かである。まあ、一応は。ランヴァルドは胸を張って堂々と被害者ヅラを決め込む。

「そう？　護衛の責任は選んだ雇い主にある、って前、言ってなかった？」

とはいえ、手厳しいヘルガである。にやりと笑いつつ、そんな言葉を放ってくるのだが……。

「……今回のは、信用してる奴からの紹介だったんだ。付き合いの長い……兄みたいな奴からの、だ。だから信用した」

今回ばかりは本当に非は無いぞ、と主張すべくそれだけ言って、ランヴァルドは蜂蜜酒のカップに口を付ける。

「えっ……あ、ああ、そう、だったの……なら、うん……」

ヘルガは途端、勢いを失ってしまった。……そのまま少々気づかわしげにランヴァルドを見ていたが、やがて、そっと席を立ってカウンターへ戻っていき……それから盆を持ってやって来た。

「ほら！　元気出しなさいよね！　あなたの分も大きめのにしてあげたから！」

かた、と卓に置かれた皿には、チーズケーキが載っている。『大きめのにしてあげた』という言葉に偽りは無い。だが……。

「ネールの方が大きいぞ」

……それでも、ランヴァルドの前に置かれたものより、ネールの前に置かれたものの方が大きい！　どうもヘルガとしては、信用していた相手に質の悪い護衛を紹介されたランヴァルドへの気遣いより、かわいいネールへの気遣いが勝るらしい！

「そりゃあね！　甘いものをたくさんあげるなら、可愛い子の方がいいもの！」

堂々とそう言い放ったヘルガに、ランヴァルドは最早《もはや》、何も言えない。ネールが自分の皿とランヴァルドの皿を見比べておろおろしているものだから、『いいからそっち食え』と言ってやって、幾分小さなチーズケーキを口に運ぶ。ヘルガのネール贔屓《びいき》はさておき、チーズケーキは美味い。濃厚なコクと控え目な甘さは、中々どうして悪くなかった。

ランヴァルドがそうしてケーキを食べ始めれば、ネールもまた、目を輝かせながらフォークを手に取り……ぱっ、と表情を明るくする。

「ふふふ。美味しい？」

ヘルガが問えば、ネールは幸せそうな蕩《とろ》ける笑顔で、うん、と頷いた。それを見てヘルガもまた、嬉《うれ》しそうな笑顔になる。これはケーキの大きな一切れを提供しただけの価値があった、という顔である。

……まあ、二人がこれだけ幸せそうならいいか、と、ランヴァルドは幾分小さめのチーズケーキを食べ進める。その間、ヘルガはネールの頬をつついたり話しかけたり。ネールはヘルガににこにこと笑いかけたり、頷いたり首を横に振ったり……。

いつの間にやら、ランヴァルドは一人、蚊帳の外であった！

そうして食事を終えたら、ランヴァルドはネールを連れて部屋へ戻る。

部屋の暖炉で湯を沸かし、たらいに湯を張って、体の汚れを落とす準備を始めた。食事を終えてみるとやはり疲労と眠気が襲い掛かってきたが、それでも一応、寝る前にここまで済ませてから眠りたい、というのがランヴァルドの常であった。

……ネールが湯を使っている間は退室していようかとも思ったのだが、最早その気力もなく、ランヴァルドは半分眠りそうになりながらベッドに腰かけて、ネールに背を向けていた。ネール自身はその意味が分かっているのかいないのか、よく分からないが。

やがてネールがランヴァルドの肩をゆさゆさやって、眠りかけていたランヴァルドはなんとか立ち上がり、自分自身もざっと汚れを落としていく。疲労と眠気で緩慢になる動作と、『早く寝たい』という執念とで差し引き概ねいつも通りの速度であった。

そうしてなんとか汚れを落とし、たらいを片付けて、髪を乾かし終わったネールをベッドに運び込んで、ランヴァルド自身も雑に髪を乾かしたらさっさとベッドに潜りこみ……そして即座に、意識を失った。

……やはり、疲れていたらしい。

疲れている時というのは、どうにも厭《いや》なものである。眠りが妙に浅く、意識は浮き、沈み……。

……まあ、つまり、ランヴァルドは殊更夢見が悪かった。具体的には、切れ切れに昔の夢を見ていた。

それは、父親が死んだ日のこと。母が、父の弟であった男と再婚したこと。そして新たな夫婦の間に生まれた弟。記憶の切れ端が整合性も脈絡もなく、浮かんでは溶けて沈んでいく。

残酷なまでに冷え込む北部の冬。降り積もる雪。伸び悩む自身の才能。剣も魔法も、中途半端だった。その分を埋め合わせるように次期領主としての勉学に励んだ。

弟は元気に成長した。義父は実の息子の成長を喜ぶ傍ら、時々何かを思うようにランヴァルドを見ていた。そして、母は。

「っ！」

がばり、と身を起こして、ランヴァルドは荒く呼吸を繰り返した。

早鐘を打つ心臓も、背筋を走る寒気も、額を流れる冷や汗も、酷く煩わしい。だが、それ以上に記憶が煩わしい。

胃の腑《ふ》が焼けるような痛みを、白いテーブルクロスの上に吐き出した血の赤さを、芋虫か何かのように床に這《は》い蹲《つくば》った自分を見下ろす目を、今でもはっきりと覚えている。

はっきりと覚えているから……ランヴァルドは、懐の金貨を握る。さっきまで自分を支配していた悪夢を、全て金貨で押し潰さんとして。

そうだ。金貨だ。これがランヴァルドを支えている。

金貨に支えられて、恐怖も絶望も、かつての日々も……憎悪と野望と金貨とで、全て、塗り替えてしまえるはずだ。

そのまま少し、寝台の上でじっとしていれば、心臓が落ち着いてくる。ランヴァルドはため息を吐き出しつつ、このまま二度寝してやろうかどうしようか、少々迷った。

ベッドを抜け出して鎧戸《よろいど》を少し持ち上げてみるが、まだ空は暗い。日の出までもう少しある。もう起きてしまってもいいが……どのみち、商店が開く時刻まではできることが無い。

仕方なく、ランヴァルドはベッドへ戻った。体にはまだ疲労が残っているのだ。心がどうであれ、体には睡眠が必要なのである。

体を横たえ、毛布を被《かぶ》る。そうして静かにしていると、また悪夢の切れ端がランヴァルドを蝕《むしば》みにかかってくるようであった。だがランヴァルドはその度に金貨を握り直し、そのままじっと、ベッドの中で時を過ごすのだった。

＊

結局、眠ったような、眠れなかったような、そんな具合でランヴァルドはベッドの中で過ごし……そうして窓から金色の陽光が差し込んできた頃、ランヴァルドはベッドから出た。

休んだ気がしないが、体はひとまず、動く。ランヴァルドは早速、隣のベッドの上の毛布の塊を、そっと揺さぶる。

「ほら、ネール。朝だぞ」

すると、毛布の塊はすぐさま解けて、ネールがひょこ、と顔を出す。海の色をした瞳は眠たげな様子もなく、ランヴァルドを見上げていた。……やはり、既に起きていたらしい。それでも毛布の中で丸まって居たのは、そうしておくものだ、と妙な学習の仕方をしてしまったからか。

ランヴァルドは『教え方を間違えたか？』と思いつつ、ひとまず、ネールをベッドから出して、互いに身支度を始める。

「……ん？　なんだ」

が、身支度を始めて少し。ネールが髪を梳《と》かし、ランヴァルドが髭《ひげ》を剃《そ》っていたところ、ネールは櫛《くし》を動かす手を止めて、なんとも興味深そうにランヴァルドの元へやってきた。そしてそのまま、しげしげ、とランヴァルドの頬を眺め始める。

「ああ……髭を剃るのが珍しかったのか？」

大方そんなところだろう、と見当を付けて聞いてみればネールは、こくん、と深く頷いた。まあ、ネールに髭は生えない。それ故に物珍しかったのだろう。

「今日は領主様と謁見することになる。身なりには気を遣っておかないとな。俺は商人だから、猶更だ」

ランヴァルド自身は、基本的には髭を剃ることにしている。旅商人の身空では、髭を清潔に整えて伸ばしておくのが中々面倒なのだ。ならば、見苦しくないように剃ってしまうに限る。

「ああ、そうだ。領主様に野盗の報告をな。ついでに、御用聞き……ああ、お困りごとの類が無いかどうか、聞いてみるつもりだ。足りない商品があれば仕入れてきて売るに限る。それ以外でも、まあ、お力になれることがあれば、是非働かせていただこうと思ってな」

ネールが不思議そうにしているので、簡単に説明してやった。恐らく、野生児のような暮らしをしていたネール自身は、『領主』というものに馴染みが無いのだろう。まあ、大抵はそうだ。自分が住まう領の主であっても、その顔を一度も見ないまま生涯を終える人間だって少なくない。

「ま、そういうわけだから、今日の午前中、お前は留守番……」

……と、ランヴァルドはネールに留守番を言い渡しかけて、ふと、止まった。

ネールは『留守番』と聞いて、なんとも悲しそうな顔をしていたが、それはまあ、どうでもいい。問題は……ランヴァルドの脳裏に、昨夜の出来事が過《よぎ》ったことである。

ヘルガは、ネールの可愛らしさに籠絡されて、部屋を少しいいものに替えてくれた。その心理は、ランヴァルドにも理解できる。

つまり……。

「……やっぱりお前も来るか？」

ぱっ、と表情を明るくして何度も頷くネールを眺めて、ランヴァルドはにやりと笑う。……まあ、謁見の際に美少女が一人、領主の視界に入っているのは中々悪くないだろう、と。

子連れであれば、相手の油断を誘える。相手からこちらへの警戒を弱め……同時にある種の『信頼』をも齎《もたら》すだろう。

それでありながら、連れていく『子供』がネールであるならば、実情は真逆。ランヴァルドは優秀すぎるほどに優秀な護衛を一人、連れ歩けるというわけだ。

「ならお前も少し、整えられるところは整えるか。ちょっとヘルガに道具を借りてくる」

そうと決まれば、やるべきことは簡単だ。ランヴァルドは使い終わった剃刀《かみそり》を片付けて、早速、ヘルガの元を訪れることにした。


ヘルガに事情を話せば、ヘルガは満面の笑みでそれらを譲ってくれた。

譲ってもらったものは……髪を留めるためのピンだ。

……これでも、ランヴァルドは中々に器用である。やったことが無くとも、見て仕組みを理解していればそれだけである程度のことができてしまう性質だ。

ということでランヴァルドは、以前、貴族の娘がそうしていたのを思い出しながら櫛を手にする。

「ちょっと大人しくしてろよ」

早速、ネールの側頭部の髪を一房掬《すく》い取って編み、くるりと巻いて、ピンで留める。少し形を整えてやれば……金髪でできた花が、ネールの側頭部に咲いた。これで、『如何《いか》にも手を掛けられて大切にされている』美少女の完成である。

「これでよし。ああ、あんまり触るなよ。崩れるからな」

ネールは鏡を覗き込んでは頬を紅潮させ、目を輝かせていたが、ランヴァルドが釘《くぎ》をさすと『ぴゃっ！』と音がしそうな勢いで慌てて姿勢を正していた。それでも編まれた髪が気になるらしく、鏡を覗き込んではうっとりしていたが。

「さて、朝食だ。飯が終わったらすぐ、売る物を売ろう。その後はすぐ、領主様のところに行くぞ。運が良ければ一刻程度で謁見に漕《こ》ぎつけられるだろう」

ランヴァルドが荷物を背負うと、ネールも慌てて自分の背嚢《はいのう》を背負って後を追いかけてくる。ランヴァルドはそれを少し待ってやって、いよいよ、本格的な金儲《かねもう》けのために歩を進めるのであった。


そうして、ランヴァルドは適当な買取の店に入り、カルカウッドの魔獣の森で手に入れた品の残り……黄金林檎や魔物の牙、魔石や干した薬草などを売り捌《さば》いた。案の定、黄金林檎はハイゼオーサではよく売れる。領主の館がある他にも、それなりに裕福な者が多いのだろう。

売り上げは金貨四枚になった。まずまずの金である。ランヴァルドは『山分けだぞ』ということで、金貨二枚をネールに与えた。ネールはにこにこしながら、一枚を返してきた。……今日もランヴァルドはネールに雇われるらしい。ボロ儲けである。

その後、荷物も軽くなったところでランヴァルドは領主の館を訪れた。門番に自分が商人であることと、野盗を退治した旨を伝え、そのまま待つ。

……だが、中々、謁見の案内が来ない。

一刻が過ぎ、更にもう半刻が過ぎようとしているので、流石《さすが》にこれは、とランヴァルドは近くに居た兵士に声を掛けた。

「今日は何かあったのか？　妙に屋敷が騒がしいようだが……困りごとでも？」

兵士は、ランヴァルドに声を掛けられて少し迷惑そうにしていたが、それ以上に、誰かに何かを話したい気分が強かったのだろう。それらしく見える者を選んで声を掛けたランヴァルドの目は確かであった。

「ああ……昨夜、とんでもない報告があってね」

喋り出した兵士を見て、ランヴァルドは内心でにやりとしつつも、外面はあくまでも誠実な商人のそれらしく振る舞う。ネールもそれに合わせてか、可愛らしい顔に神妙な表情を浮かべて、よく分かっていないだろうに、ふんふん、と頷いていた。

「ここから少し北に行ったところに、洞窟があるんだ。綺麗《きれい》な水が湧くし、水晶や魔石が採れるっていうんで、入る奴も多いんだ。実際、魔石の採掘でハイゼオーサの産業の一部は成り立ってる。……だが」

兵士はそんなランヴァルドとネール相手に、『ここだけの話』というように声を潜め、そして、言った。

「その奥に、魔物が出たらしいんだよ！　しかも、そいつにうちの兵がやられたんだ！」

「すまない、通してくれ。領主様に大至急、謁見したいんだ」

ランヴァルドは、無礼を承知で領主の館を進んでいった。そうして『確かこっちだろ』と思われた方へ進めば、案の定、重要そうに兵士が見張る大きな扉があった。この奥は大方、会議室か執務室、といったところであるはずだ。

「ここを通すことはできない。領主様は現在、会議中にあらせられる」

「北の洞窟の魔物のことだろ？」

見張りの兵に止められたが、ランヴァルドは退《ひ》かない。すると、兵士は『やれやれ』というように嘆息した。

「……分かっているなら猶更だ。どういうことか、分かるだろう？　ハイゼル領全域にとって重要な魔石の産地をこのままにしておくわけにはいかないし、放っておいたらハイゼオーサに魔物がやってくるかもしれないんだ。だから……」

「その魔物を退治できる、と言ったら？」

が、ランヴァルドがぎらりと目を輝かせて笑えば、兵士もただ追い返すわけにはいかなくなる。

「……魔物を？　向かった兵を帰さなかった奴だぞ？」

「ああ。幸い、腕の立つ護衛が居るんでね」

兵士は、しげしげとランヴァルドとネールを見て……『ワケアリのお嬢様のお忍びの旅か？』とでも判断したのかもしれない。ネール自身がその『護衛』だとは全く思っていない様子だったが、何らかの説得力はあったようだ。

……そうして。

「領主様に掛け合ってくる。暫《しば》し待て」

ようやく、謁見が許可されることになりそうであった。

＊

ランヴァルドは執務室に通された。

ハイゼル領の領主、バルトサール・エリアス・ハイゼルラントは、ランヴァルドより少々年上の男性である。ハシバミの実のような茶色の髪に、ハシバミの葉のような緑の目。如何にも、ハシバミを紋章としているハイゼル領の領主に相応《ふさわ》しいように思える。

だが、先代領主がハイゼル領の掲げる『全ての約束はハシバミの枝の下にあれ』をそのまま人間にしたような堅物であった一方、今代領主のバルトサールは幾分……よく言えば柔軟な男であった。そして悪く言えば、思慮と慎重さに若干欠ける、とも言えるだろう。それを先代が嘆いていたことも、ランヴァルドは知っている。

尤《もっと》も、ランヴァルドとしては今代相手の方がやりやすい。多少思慮に欠け、多少愚かであるくらいの方が、『悪徳商人』にとってはやりやすい相手なのだ。

……と、このように領主バルトサールについて、ランヴァルドは色々と知っている。噂に聞いたことがその大半だが……実は、ランヴァルドは幼い頃、この人と会ったことがある。

とはいえ、向こうがそれに気づくことは無いだろう。何せ、十年以上……何なら、二十年近くも前のことだ。向こうは丁度十七かそこらで、ランヴァルドは九つかそこらだった。それに加えて、ランヴァルド自身が、あの頃から随分と変わってしまった。

『もう』。或《あ》るいは、『まだ』。ランヴァルドは貴族ではないのだ。

「……氷晶の洞窟の魔物を退治できるそうだな」

領主バルトサールは疲れ切った声で、そう言った。その表情にも色濃く疲労が見える。

領内の主要な資源採取場に魔物が湧いて、しかも死者が出ているらしいとなれば一大事だ。ついでに北部の寒冷化と不作の影響は間違いなく中央にも来ている。そんな中でのこれなのだから、いよいよ頭の痛いことだろう。ランヴァルドは少しばかり同情する。だが、同情以上に、金蔓《かねづる》を前にして浮かぶ笑みの方が大きい。

領主バルトサールは、目の前に立ちはだかる問題を簡単に片づけるためなら、支払う報酬を細かく吟味などしないだろう。それほどまでに彼は疲れ切っていると、ランヴァルドは見た。

「はい。こちらには腕の立つ者が居ります。魔獣の森でたった一人探索を繰り返し、いとも容易《たやす》く金剛羆《こんごうひぐま》を屠《ほふ》れる腕前の持ち主です」

「な、何？　たった一人で、魔獣の森に……？」

「ええ。腕前は間違いないかと」

ランヴァルドはあくまでも堂々と、それでいて緊張している様子を見せながら、領主バルトサールへと向かい合った。……ランヴァルドの後ろで、ネールがちょっぴり嬉しそうにもじもじしていたのだが、領主バルトサールはまさか、ネールがその『たった一人で金剛羆を屠れる戦士』だとは思っていないだろう。ただ、可愛らしい少女が居るなあ、という程度にしか見ていない。

「魔物を狩って生計を立てている者ですから、魔物を狩る機会を得られるともなれば、むしろ願ったり叶《かな》ったりでしょう。ただ、多少、意思の疎通に難がありまして……まあ、それはこの私が傍《そば》に付いていれば、然程《さほど》問題ではありません」

ランヴァルドは、ちら、とネールの方を見た。ネールはランヴァルドを見上げて、にこ、と笑った。

「我々が氷晶の洞窟へ突入する許可さえ頂けたなら、領主様の御心《おこころ》を少し軽くして差し上げることができるのではないかと思い……無礼を承知の上で、このように謁見の機会を頂きました」

洗練された所作で一礼して見せれば、領主バルトサールはランヴァルドに対して悪い印象は持たなかった様子である。ふ、と息を吐いて、それからふと、近くの男……側近と思《おぼ》しき者と何事か言葉を交わしているらしい囁《ささや》きが聞こえた。

「ああ、よい、よい。堅苦しい礼儀は不要だ。面を上げよ」

やがて、二人の会話が終わったと見えて、ランヴァルドにも声がかかる。ランヴァルドはまた嫌味の無い程度の所作で顔を上げ、如何にも誠実な人間のふりをしながら領主バルトサールに向かい合った。

「……あー、依頼したいのは山々だ。しかし、我々はこれから迎える冬を越すのに心もとない蓄えしか持ち合わせていない。私は神に誓って、領民を飢えさせるわけにはいかんのだ。して、そう多額の報酬は出せん」

領主バルトサールの口から出てきた言葉は、領主が発するにはあまりにも情けない言葉だ。

……要は、『満足に報酬を払えないぞ』と言っている。聞く者が聞けば、『領主の格もここまで落ちたか』と嘲笑《あざわら》うような言葉であろう。こんなこと、本来、彼のような身分の者の口から出すものではない。精々、側近が代理で交渉しつつ口に出す程度の言葉だ。

だが、それをさらりと出すあたり、やはり、領主バルトサールは非常に柔軟である。相手に自分の手の内を晒《さら》して見せつつも、あくまでも立場が上だということを利用して報酬の値下げを呑《の》ませようとしているのだから。領主らしくはなく、義と誠実を重んじるハイゼル領の領主らしさはもっと無いかもしれないが、まあ、商売相手としてはそこまで悪くない。

「ああ、報酬のお話ですね。それでしたら、どうかご心配なく」

だからこそ、ランヴァルドはあくまでも誠実で無欲な善人のふりをする。

腕の見せ所だ。相手の歓心を買えるように振舞い、取り入って、より大きな利を得るのだ。

「……実は、我々はハイゼオーサへ到着する前、鉱山からの道すがら、野盗と出くわしております」

ランヴァルドはここでようやく、本来ここへ来た目的であった報告を行う。途端、領主バルトサールは顔を顰《しか》めた。……自分の治める領内、それも、町の比較的近くで野盗が出たとなったら、いよいよ、ハイゼル領の治安悪化が心配である。

「彼らには悪いが、こちらも命がかかっている。退治させて頂きました」

「構わん。むしろ、礼を言う。人の道を外れた者は最早人間ではない」

「私もそのように思います。……まあ、彼らとて、人の道を外れたくてそうしたわけでは無いでしょう。そうならざるを得なかったからこそ、あのように人を襲い、奪って、生きようとしている」

ランヴァルドは如何にも思慮深いような、上辺だけの言葉を並べていった。だが、それでいい。こうした言葉こそが、この誠実な領主に安心を齎すのだ。

「今、北部は酷いことになっているようですね。旅商人の身空なものですから、情報はある程度、入ってきています」

「……そうだな。寒冷化による不作。それによって起こる略奪……更には、魔物の活性化がいくらか、報告されている。中には、魔物に滅ぼされた村すら報告されるようになってきた」

……予想していた以上の答えが返ってきてしまい、ランヴァルドは少しばかり、驚く。

寒冷化と不作のことは、耳にしていた。それによって山賊の類に落ちぶれる者が溢《あふ》れ、北部の治安は悪化の一途。食料も武器も足りていない……と。

だがまさか、魔物の活性化までもが同時に起きているとは。これはいよいよ、北部は動乱の時世を迎えている、ということだろう。中には、この動乱を乗り越えきれない領地も出てくるかもしれない。特に、無能が治めるような領は心配だ。

が、今はそれさえも好都合。ランヴァルドは『痛ましいことだ』と眉を顰《ひそ》めて見せると、すぐさま、領主を安心させるような笑みを浮かべてやった。

「まあ……そんな情勢ですから。誰もが苦しんでいると分かっている時に、がめつくはなれない。『名誉で腹は膨れない』とも申しますが、その『名誉』さえ手に入れば、私はそれで構いません」

「ほう。名誉、か。……この時世で名誉を求めるとは、中々の変わり者だな」

「ははは。私は商人ですから。安い時に仕入れて高い時に売るんですよ」

感心したような表情を浮かべる領主バルトサールに、ランヴァルドは少々冗談めかして言ってみる。こうしてやれば、領主バルトサールはいよいよ、ランヴァルドのことを勘違いしたらしい。つまり、『ただ善良で、お人よしで、損を取ってでもこの地を救おうとしている者』とでもいうように。

「そうか。そういうことなら遠慮は要らないな」

領主バルトサールはランヴァルドに合わせて冗談のようにそう言って笑い……それから、真剣な表情でランヴァルドを見つめた。

「この時、この場にて、バルトサール・エリアス・ハイゼルラントより直々に依頼しよう。どうか、氷晶の洞窟の魔物を退治してほしい。……調査の為送り込んだ兵は誰一人帰ってこなかった。実態は何も分からないが、まあ、危険な相手であることは間違いない。危険な任務になる。だがそれでもやってくれるというのならば、貴殿には金貨と白刃勲章を与えよう」

その言葉に、ランヴァルドはにやりと笑いそうになる口元を律し、深々と、優雅に一礼して見せた。

「ええ。勿論《もちろん》。このランヴァルド・マグナスにお任せください。必ずや領主様のご期待に沿える結果を出してみせましょう」

そうして領主の館を出てきたランヴァルドは、非常に上機嫌であった。

「くく……白刃勲章か。まあ悪くないな」

くつくつと笑うランヴァルドを見て、ネールは只々《ただただ》、きょとん、としている。

「ん？　ああ、お前は勲章の種別なんて知らないか。まあ……そうだな、『騎士』の地位は知っているだろう？　名誉でしかない、貴族扱いされない地位だけどな」

ランヴァルドがそう話しかければ、ネールは難しい顔で、少し首を傾げながらも、こく、と頷いた。……一応、『貴族』というものがこの世界に存在していることは知っているのだろう。公爵とナイトの区別もつかず、当然のように爵位の順列なども知らないだろうが、まあ、存在くらいは分かるようだ。

「ナイトの地位を示すものが、白刃勲章、六花勲章、白雲勲章だ。受章の理由に応じて三種類あるが、まあ、戦いと守護に関する勲章が白刃勲章。それが貰《もら》えりゃ、俺は晴れて『ナイト』だ」

ランヴァルドが歩きながら説明してやると、ネールは、ふんふん、と頷いた。一応、興味はあるようだ。

「ナイトになっちまえば、後は簡単だ。金を稼いで適当な土地を買って、更に金を稼ぐ。……後は多少、国王陛下のお目に留まるような行動をしておけば、下級も下級の貴族位だろうが、それでも正式な貴族位が手に入り、土地が所領と認められる。そうすれば……」

ランヴァルドは半ば、ネールへの説明というよりは自身のための確認のような気持ちでそう続け……その途中で、理解が追い付かなくなっているらしいネールを見つけて、苦笑した。

「……お前には難しかったか」

ネールは申し訳なさそうな顔で、こく、と頷いた。まあ、つい数日前まで野生の暮らしをしていた生き物に、貴族だの所領だの勲章だのの話をしても難しかっただろう。そんなことは分かっていたのに説明してしまったのは、単にランヴァルドが浮かれているからだ。

「ま、俺は上機嫌だ、ってことだけ分かっていりゃあそれで十分だ。この仕事が無事に終われば、俺は俺の目標にまた一歩近づく。あいつらに裏切られて後退した分を、別の方から取り返せる」

浮かれたついでにそう言って笑ってやれば、ネールも何故か、ぱっ、と表情を明るくして、にこにこと頷いた。どうしてか、この妙な生き物はランヴァルドが嬉しいと嬉しいようである。

「そういうわけで……ま、なんだ」

ネールの様子に少々戸惑いつつも、ランヴァルドは少し考え……。

「お前のナイフ、買いに行くぞ。ちゃんとした奴があった方がいいだろうからな」

戦いに行くのであれば、まずは準備から。そう結論づけるのであった。


「おお！　あんた達《たち》は、昨日の！　よく来てくれたな！」

ネールのナイフを買いに鍛冶屋へ向かったところ、昨日の御者がそこに居た。……そういえば、ランヴァルドが『護衛』してきた例の馬車は鉱山からの荷馬車であり、この鍛冶屋に鉄を運ぶためのものだったのだ、ということを思い出す。

「そうか。ここが例の鍛冶屋だったんだな」

「ああそうだ。ありがとう。あんたのおかげで、ここも無事に動いてる。鉄はいくらあっても足りないくらいらしくてな。俺達が到着できなかったら、今日の昼には炉の火が消えていたところだったんだとさ」

打つ鉄が無ければ、鍛冶屋は当然、商売にならない。その鉄をここへ運んできたランヴァルド達は、まあ、ここの鍛冶屋からしてみれば覚えは悪くないだろう。そんな打算を脳裏で瞬時に弾《はじ》き出したランヴァルドは、早速、御者に笑顔で話しかける。

「ならよかった。いや、無理を言って馬車を出してもらったからな、少し後ろめたく思っていたんだ。だが、それが役に立った人も居るっていうんなら、神もお許しになるだろう」

思ってもいない言葉を舌先だけでぺらぺらと紡いで、ランヴァルドは笑う。

「そうだな……折角の縁だ。何か買っていくかな。丁度、こいつの護身用のナイフが欲しいと思っていたんだ。今も持たせてはいるが、あり合わせだったからな。ちゃんと合ったのを見立ててもらいたい」

「おお！　そうか、そうか！　なら入ってくれ！　鍛冶師に紹介するよ。……おーい！」

ランヴァルドの言葉に乗せられて、御者は店の奥へと声を掛けた。すると、鍛冶師と思しき男がのっそりと現れる。ランヴァルドはあくまでも笑顔で軽く会釈しておく。ネールもランヴァルドを真似《まね》してか、ぴょこ、と小さな頭を下げていた。

それから御者が鍛冶師にランヴァルドを紹介した。概ねのところは昨夜の内に御者から聞いていたらしく、鍛冶師は『鉱山の連中を助けてくれたんだってな。ありがとう』と手を差し出してきた。

ランヴァルドは、鍛冶師らしくごつごつしたその手を握り、そのまま笑顔で尋ねる。

「ナイフが欲しいんだ。実は幼いながらにこいつもそれなりに戦えるんでね、ナイフを持たせているんだが……今のやつはあり合わせなんだ。刃毀《はこぼ》れも酷い。だから、いいものを買い与えたいと思ってな」

「そうか。……ふむ」

ランヴァルドがネールを示すと、鍛冶師はネールに近づいて、ネールの体軀《たいく》や手の大きさを見始めた。ネールはびっくりしてランヴァルドの後ろに隠れようとしていたが、ランヴァルドが『大丈夫だ』と言ってやれば少し安心したらしく、大人しく、鍛冶師に見られるがまま、じっとしていた。

鍛冶師は更に、ネールが今持っているナイフ……魔獣の森で拾ったらしい一振りと、つい昨日、野盗の死体から奪った一振りとを見て、ふむ、と頷いた。

「……成程な。少し待っていてくれ」

そのまま店の奥へ引っ込んでいくと、やがて、鍛冶師は何本もナイフを持って戻ってきた。

「このあたりはどうだ」

カウンターに並べられていくナイフは、それぞれが中々の代物だ。鍛えられた鋼は薄青く光るようで、刃の鋭さは見るだけでもよく分かる。ランヴァルドの商人としての目が、即座に『これは高くつくだろうな』と判断した。

だが、ネールの装備は即《すなわ》ち、稼ぐための最も大切な準備の内の一つだ。ここで金に糸目をつけるわけにはいかない。ランヴァルドは早速、ネールと一緒にナイフを吟味し始める。

「ネール。どれがいい？」

まずはネールに聞いてみる。するとネールは戸惑いつつもナイフの一つを手に取り、ふり、と少し振ってみて、それから首を傾げてそっと戻した。更に次の一振りを手に取ると、今度は少しピンときたような顔で頷きつつ、また戻していく。

……そうしてネールは、順番に全てのナイフを手に取って、ふり、ふり、とやったり、時には投げ上げてくるりと回転させてから摑《つか》み直したりして、ナイフの具合を確かめていた。

ランヴァルドはネールの様子を見ながら、しっかりとナイフも確認していく。ナイフはどれも中々の業物であったが、それでもやはり、優劣はある。

一番大切なのはネールの手に合うかどうかだろうが、その次に重視すべきなのは、刃の品質であろう。

「ネール。迷うならそっちの端とその隣のはどうだ？」

ネールが最後、三本のナイフを前に悩んでいたのを見て、理由は特に言わず、それだけ伝えた。するとネールは首を傾げつつも、笑顔でこくんと頷き、ランヴァルドが指示したナイフを手に握って、ふり、ふり、とやって何かを確かめると、何やら納得したように笑顔で頷いて、選んだナイフをランヴァルドに手渡してきた。

「そうだな。よし、じゃあこれにしよう」

ランヴァルドは笑ってナイフを受け取ると、それを手に、鍛冶師に『いくらだ？』と尋ねる。すると、鍛冶師は少々驚いたような顔をしていた。

「……よく分かったな。あんた、元々、冒険者か何かだったのか？」

鍛冶師の反応を見て、ランヴァルドは自分が『正解』したことを悟る。

……これらのナイフの中で、どうも、選んだ二振りともうあと一本ほど、ただの鋼に見えないものがあったのだ。以前、商品として取り扱ったことがある『魔鋼』に近しいものに思えたので、ならばこれを選ぼう、と判断した。

「冒険者？　まさか！　俺は商人さ。だからまあ、魔鋼を扱ったこともあってね。これは魔鋼そのものじゃないにせよ、近いものに見えたんだが……」

「お察しの通り、これは鋼に魔石の粉を叩《たた》き込んだものだ。魔鋼ほどじゃないが、硬さが増す。それでいて、しなやかなんだ。試しに打ってみたものだったんだが、我ながら中々いい出来なんでね。だが、まさか見ただけで分かる奴が居るとは思わなかった。あんた、いい目をしているな」

鍛冶師は嬉しそうにそう語る。まあ、品質が良いならそれに越したことは無い。

そうして鍛冶師が提示してきた金額……金貨二枚を支払って、満足の行く買い物を終えることができたのであった。

店を出たところで、ネールはもう既に買ったばかりのナイフを二振り、腰のベルトに付けていた。そして、鞘《さや》から二振り同時に抜いて、軽く振ったり投げ上げたりしてからまた鞘に戻す、という一連の動作をして、満足げににっこり笑った。……どうやら、ナイフはネールのお気に召したらしい。

「出資した分はきっちり働いて返してもらうぞ、ネール」

ランヴァルドが声を掛けると、ネールは嬉しそうにこくこくと何度も頷いた。……今回、このナイフはランヴァルドが支払いを持っている。ネールに支払わせるための意思の疎通が面倒だったので、そのままランヴァルドが支払ってきたのだが……まあ、金貨二枚分はネールの働きで十分に戻ってくる予定である。ランヴァルドは出費を諦めた。

「さて、じゃあ後は……少し食料を買って、水を用意して……」

他に何が必要だろうか、とランヴァルドは考えつつ、手帳にいくらか、買っておいた方がよいものを記録していく。

「後は、多少、情報収集しておくか。宿の食堂で話を聞いてみよう。『氷晶の洞窟』はある程度、ここらで知られた場所らしいからな」

続いて、情報収集も視野に入れる。ランヴァルド自身は『氷晶の洞窟』について、商売で必要な知識……つまり、『湧き水が綺麗』『水晶や魔石が産出する』といった、商品に付加される類の話しか聞いたことが無いのである。今回、兵士が何人も死んでいるとなれば、もう少しその事件について知る者を探したいところであるし、『氷晶の洞窟』自体の情報も仕入れておきたい。

情報は、武器だ。ランヴァルドは商売をやってきた経験から、特にそう思う。

「夕方になったら宿に戻ってヘルガに聞けばいいか。それまでは……そうだな」

ランヴァルドは、少し考えた。

情報収集をするなら、ネールは少々、邪魔になる。ランヴァルド一人で動いた方が身軽で何かと便利なのだ。……というのも、ネールを連れて歩いていたら、目立ってしょうがない。子連れだと人の印象に残りやすいし、その上、その『子』が美少女ときたら、猶更そうだろう。

そして情報収集をしていくにあたって……氷晶の洞窟のみならず、他の、例えば、いい儲け話や誰かの不幸の種、最近の情勢……そんな情報も手に入れようと思うなら、やはり、人の印象には残らず、さらりと情報を集めてしまった方がいい。

なので。

「ネール。お前、『林檎の庭』で待っていられるか？」

丁度、知り合いの居る宿もあることだ。ランヴァルドは、ネールを宿に置いて情報収集に勤《いそ》しむことにした。

ネールはランヴァルドと一緒に『林檎の庭』へ戻った。そしてお昼ご飯の後、ランヴァルドは一人で宿を出ていく。ネールはお留守番だ。……一人で居るのは慣れている。だが、一人で『町に』居るのは、慣れない。

森の中なら、一人でも大丈夫だった。でも、人が居るところで一人で居ると、不安だった。ネールは人の世界のことが、まだよく分かっていない。

結果、ネールは部屋の中、ベッドに潜りこんで、もそもそ、と丸くなる。こうして丸まっていると、少しだけ安心できる気がするから。

……そうしてもそもそ丸まっていると、ふと、こんこん、とドアがノックされた。

ネールは少し迷ったが、ナイフを後ろ手に、そっと、ドアを開けた。……相手がランヴァルドの命や彼の財産を狙ってやってきた悪い奴なら、すぐさま殺すつもりで。だが。

「ネールちゃん。今、暇？　ならお喋りしない？」

そこにやってきたのは、ヘルガであった。ついでに彼女の目的は、ネールであるらしい！

お喋り、と聞いて、ネールは困る。

何せ、ネールは声を出せない。……ネールがもっと小さい頃、住んでいた家が焼けた時。あの時に火を吸い込んでしまって、それ以来ずっと、声が出ないのだ。だからネールは、お喋りできない。

だが、ネールが困っていると、ヘルガはにやりと笑って小首を傾げた。

「ネールちゃん、言葉が分からない訳じゃ、ないでしょ？　だったら『はい』か『いいえ』か『分からない』くらいならやり取りできるじゃない？」

ヘルガがそんなことを言うので、ネールは驚いた。喋れないネールと『お喋り』しようとしてくれる人なんて、ランヴァルドくらいしか居ないと思ったのに！

「聞きたい話、あるのよ。聞かせたい話もね！　ほら、ランヴァルドの話とか、気になるでしょ？

……っていうことで、どうかな。聞くばっかりになると、退屈かな」

ヘルガがにっこり笑ってそう言うのを聞いて、ネールは少しばかり、迷った。迷ったが……。

「入れてくれるのね？　ありがとう！」

ネールはドアを開けてヘルガを招き入れることにした。……やっぱり、ランヴァルドの話はちょっぴり気になるのだ。

ヘルガは部屋の中の椅子に腰かけた。『お隣どうぞ』と示されたもう一つの椅子に、ネールも座ることにする。

もう大丈夫だ、と分かったので、ずっと後ろ手に持っていたナイフはしまった。ナイフをしまうネールを見たヘルガは、ネールがずっとナイフを後ろ手に持っていたことに今、気づいたらしい。

「……成程ね。ネールちゃん、あなた、戦えるってわけか……」

ヘルガは少しばかり、表情に緊張を過らせていた。やっぱり、ネールのことが怖いのだろう。

ネールが戦うところを見ると、大抵の人は怖がる。ネールが戦えることを知っただけでも、怖がる人は居る。だから、この手の反応は慣れっこだ。

「じゃあ、ランヴァルドはネールちゃんが戦えるから連れてきた、っていうかんじなのかしら」

だがそれでもヘルガはネールとお喋りするつもりらしい。なのでネールは少し考える。

……ランヴァルドがネールと一緒に居てくれるのは、ネールがランヴァルドを雇っているからだ。だが、ランヴァルドがネールに雇われてくれるのは多分、彼が優しいからであって、それと同時に、ネールが多少なりともランヴァルドの役に立つからだろう。

なので、ネールは首を傾げつつ、曖昧に頷いた。『たぶん、そう』というくらいの気持ちで。

「そっかー、ネールちゃんにもあんまりよく分かってないのね？　うん……でも、あいつ自身はあんまり戦えないって言ってたし、戦える子が一緒に居てくれるのは嬉しいと思うわよ」

ヘルガはそう言って笑いかけてくれるので、ネールは少し、嬉しくなる。

本当にそうだったら嬉しい。ランヴァルドが、ネールが一緒に居ることで嬉しいと思ってくれているなら、ネールはとても嬉しい。

「ランヴァルドがあんまり戦えないのは、ネールちゃんも知ってる？　あいつ、御大層な剣を持ってる割には、大して強くないのよねえ。不意打ちとかは割と得意みたいだけど」

ヘルガがくすくす笑うのを見て、そういえば、とネールは思う。

ランヴァルドは綺麗な剣を持っている。複雑な紋章が刻まれた剣。あれを、ランヴァルドはいつも持ち歩いていた。

それから、馬車を運転してきてくれた人が、あの剣を見て『貴族か』と聞いていた。……ランヴァルドはやっぱり、高貴な血筋の人、なのだろう。今はどうであれ……。

「……やっぱりネールちゃん、あいつのこと、気になるでしょ」

ふと気づいたら、ヘルガがネールの顔をじっと覗き込んでいた。なのでネールはヘルガの金褐色の美しい瞳を見つめ返して、こくん、とはっきり頷いた。

「そっか！　なら、少しはあなたを退屈させずに済みそう。……あいつとの付き合いは、ちょっとだけ長いのよ。あいつが『林檎の庭』に転がり込んできた時からの付き合いだから」

「……もう、十年近く前のことになるのかな。ランヴァルドがこの宿に来た時には、ボロボロでね。熱が出て、一週間くらいうちで寝込んでたの。その後もしばらくはここを拠点にしていたから、それで私とは顔見知りになった、ってワケ」

ヘルガが話し始めたのを、ネールは真剣に聞く。一言だって、取りこぼさないように。

「北の方から来たんだ、って、言ってたわ。自分の家を出ざるを得ない事情があったみたい。彼、生家のことは話したがらないのよね。弟が居る、っていう話だけ、ちらっと聞いたことがあるけど……まあ、何かあったんでしょうね。熱が出て、ボロボロの状態でも逃げてこなきゃいけなかった事情が、あったんだと思うわ。……貴族位を買うんだって、酔った時に話してたことがあったし。

まあ、元は貴族だったんじゃないかしら。性格の割に所作も綺麗だし……」

ネールは、ランヴァルドのことをよく知らない。ネールを助けて、ネールを連れ出してくれた優しい人で、とても賢い人。もしかしたら、高貴な血筋の人。それくらいしか、知らない。

そんなランヴァルドが、自分の家を出て、こちらにまで命からがら逃げてこなければならない事情があったとしたら、とても悲しいことだ。ネールは少し、しょんぼりした。

「まあ……だとしても、あいつは悪徳商人なんだけど！」

が、ヘルガはそう元気よく言うと、拳を握りしめた。

「昨夜も言ったでしょ？　あいつ、うちの食堂で賭け事してた連中を片っ端から捕まえて、片っ端からイカサマで勝って、片っ端からお金巻き上げて！」

ヘルガの言葉と拳には力が籠っている。とても力が籠っている。ネールはちょっとびっくりしながらヘルガの話を聞く。

「……まあ、当時、うちには半分ヤクザ者みたいな荒くれが居ついててね。そいつからもお金を巻き上げて、うちから蹴っぽり出してくれたから、それは助かったけど。でもそれが原因で、あいつ、当時ハイゼオーサに跋扈《ばっこ》してた良くない連中に絡まれちゃって……」

ヘルガは遠い目をし始めた。ネールは『ランヴァルドが大変だ』とはらはらした。

「でね？　これが怖い話なんだけれど……」

はらはらしているネールは、ヘルガの前置きにもっとはらはらしていたが……。

「その連中、消えちゃったのよ……」

……続いた言葉に、ネールはぽかんとしてしまった！

「どうやったのかは分からないわ。でも、半分ヤクザ者みたいな連中がハイゼオーサから出ていっちゃったの！　残った奴らもいたけれど、そいつらもすっかり大人しくなって……ランヴァルドが何かしたんだとは思うけれど、何をどうやったのかは分からないのよ。本人に聞いても『さあな』としか言わないし……」

ネールは実に興味深く、頭の上に疑問符を浮かべながら聞いていた。ところで、ヘルガが『さあな』とランヴァルドの真似をして言ったのだが、それが中々上手《うま》かった。ネールも真似してみたい。

「でも一つ確かに言えるのは、あいつは頭はいいんだろう、ってことよね。ついでに度胸もあるわ。それから……多分、完璧に悪徳商人、ってわけじゃ、ないのよ」

うんうん、とネールが頷けば、ヘルガはそんなネールを見て、嬉しそうに笑った。

「お金が必要だったっていうのは、本当。そのために、商売の元手が必要だったとも聞いてる。性格が悪いのも本当よね。そうじゃなきゃ、イカサマがバレた時、あんな煽《あお》り方《かた》できないわよ……」

……どういう煽り方をしたのだろうか。ネールは、その時のランヴァルドを見てみたい気持ちになった。

「でもね、多分、それだけじゃないのよ。それだけじゃなくて……お金を巻き上げる相手は選んでたし、選んだ結果、よくない連中に絡まれることも分かってた。分かってて、そうしたのよ」

そうだろうなあ、と、ネールは思う。

ランヴァルドは、賢くて優しい人だ。悪い人を懲らしめてくれる人だ。多分、そういうことだったのだと思う。この町に巣食う悪い奴を、賢くやっつけた。そのためにランヴァルドは、イカサマ、とやらをしたのだろう。

「ま、おかげでうちは助かったわ。賭け事全面禁止を『ランヴァルドのせいで』っていう風に打ち出せれば波風も立たなかったし。おかげで父さんはランヴァルドのこと大好きなのよね……」

ヘルガはそう言って笑って、それから、ぽふ、とネールの頭を撫《な》でた。とても優しい手つきで。

「だから……まあ、あいつ、いい奴じゃないけど、そんなに悪い奴でもないわ。悪徳商人を自称してるし、実際、性格が悪いところ、沢山見てきてるけど……でも、良心が無い訳じゃ、ないの」

金褐色の目が優しく細められて、ヘルガは少し遠いところを見るように微笑んだ。それから。

「まあ、でももしランヴァルドに酷いことされたら、うちにいらっしゃい。あなた可愛いし、賢そうだわ。うちで雇ってあげる！……なんなら、今日からうちの子になってもいいけど」

静かな表情から一転、ヘルガは悪戯《いたずら》っぽく笑って、ネールの顔を覗き込んでくる。

一方のネールは固まっていた。『うちの子になってもいいけど』という言葉にびっくりしたのだ！

ネールはびっくりしたまま言葉の意味を考えて、考えて……そうして。

「あら、駄目？　そっかぁ、残念……」

ネールは首を横に振った。首を横に振ってしまってから、『ここの子になったってよかったんじゃないだろうか』とも思ったが、それでもやっぱり、ネールの答えは変わらない。

……ネールは、父さんと母さんの子だ。ヘルガは優しいし、ネールにたくさん話しかけてくれるし、とてもいい人だけれど……やっぱり、ここの子にはなれない。

「あなた、よっぽどランヴァルドのこと、気に入ったのねえ……」

……それに。やっぱり、ネールはランヴァルドと一緒に居たい。ネールをあの町から連れ出してくれたランヴァルドと、一緒に居たいのだ。

明日もちゃんと、彼を雇おうと思う。金貨はまだある。ネールは笑顔で、ヘルガに頷いてみせた。

＋

ランヴァルドが行きつけの雑貨屋に入ると、目を見開いた店主がそこに居た。

「あーっ！　ランヴァルドお前無事だったか！　よかった！　本当によかった！」

「何の話だ？」

掃除中だっただろうに、ハタキを放り出して駆け寄ってくる店主にしらばっくれつつ、ランヴァルドは内心で『こりゃまずいぞ』と冷や汗をかく。ランヴァルドが『無事だった』と喜ぶ者が居るということは、『無事ではなくなるはずだった』ということを知っていた者が居るということなのだから。

「あー、しらばっくれなくてもいい。俺はお前の味方だからよ」

だが、まあ……少なくとも、この店においては、ランヴァルドはそう警戒しなくてもいいだろう。何せ、付き合いの長い店だ。散々力になってやった店でもある。まあ、そんな相手でも裏切られる時には裏切られるわけだが……。

「……あのクソ野郎に荷物、盗《と》られたな？　この辺りでやたらと大量の武具が出回ったらしいって噂だけ聞いたぜ。だから俺はてっきり、お前に何かあったんじゃないかってな……」

今は警戒していても仕方あるまい。ランヴァルドはため息を吐《つ》きつつ、それでも一応、退路だけは確保できるように視線を動かした。店主もそんなランヴァルドを咎《とが》めることなく、さりげなく、ランヴァルドが逃げたくなったら逃げられるような位置取りで話を進めてくれる。

「ま、そんなところだ。あいつの紹介で護衛を雇ったら、そいつらに裏切られた」

「成程な！　あーもう！　だから俺ァ言ったんだ！　あんなのとつるむな、ってな！」

「はいはい、身に染みてよく分かったよ」

少々暑苦しいところのある店主ではあるが、いい奴ではある。そして何より、ランヴァルドに情報を横流ししてくれる心強い味方だ。

「……ま、元気出せよ。な？」

「余計なお世話だ。で、当然だがこのことは……」

「心配すんなって。俺はお前に死なれちゃ困るんだ。あの野郎にも、あの野郎の息のかかったウジ虫共にも、お前のことは漏らさねえ」

店主は店主で、にやりと笑うと……店の奥から、何かを持ってきた。

「……で、口止め料代わりに一つ見てけ。ほれ。お前の目ならコレの値打ちが分かるだろ？　多分」

……店主が持ってきたのは、美しい装飾の壺《つぼ》である。古物なのだろうが……ここの店主は、古物を引き取りがちな割に、古物の鑑定はできないのだ！

一方のランヴァルドは、それなりに知識があり、芸術品や古物の類の値打ちが分かる。

……そう。ここの店主とランヴァルドは、こういう関係である。互いの目と耳を頼り合う商人仲間なのだ。

早速、ランヴァルドは壺を見てやる。

「ここに刻まれてるの、古代文字だな」

「んなこたぁ俺にも分かる。……あー、読めはしねえが。お前は読めるんだったか？」

「ああ。『ハシバミの下の約束を忘れるな』だ。『全ての約束はハシバミの枝の下にあれ』の元になった文句だな。先々代か更にその前の領主様の時代の言葉か？　まあ……つまり、そこそこ新しい。少なくとも、古代語を常用していた時代のものじゃあないな」

ランヴァルドは古代文字も読める。昔、生家に居た頃に教養として身につけたものの一つだ。今でもこうして古物の鑑定などで役立つことがあるのだから、まあ、人生何があるか分からないものである。

「そうかよ。じゃあハズレか」

「だがあながちそうとも言えないな。造形はいい。絵付けも悪くない。確か十何年か前に死んだ著名な陶芸家の若い頃の作だっていう壺の中に、こういう絵付けのものがあったはずだ。はっきり覚えてるわけじゃないが」

「おお？　つまり巨匠の作かもしれねえのか！　じゃあアタリか！」

「かもな。……となると刻んである文句といい、当時のハイゼル領主に贈られたものかもしれない。ってことで、領主様に献上してみたらどうだ」

ランヴァルドは『以上で鑑定は終了だ』と宣言してやると、店主は感嘆のため息と笑みを漏らす。

「そうだなぁ、下手に買い叩かれるよりは領主様相手に商売してみた方が得策か。ありがとよ。そうしてみるわ。へへへ……つっても、領主様も今は大変そうだけどなぁ」

……さて。

ランヴァルドはここまで一働きさせられているわけだが、次はランヴァルドが店主を働かせる番である。

「ああ、丁度その話を聞きたかったんだ。今、領主様が困ってることについて、何か知ってることがあれば教えてくれ」

「あー、お前、それに首突っ込んでもしょうがないと思うぜ？　何せ、氷晶の洞窟に何かとんでもねえ魔物が出た、っていう話らしいからなぁ」

「どんな魔物が出たんだ？」

「分からねえ。何せ、生きて帰って来た奴が居ないらしいからな。……だが、普段あそこに出る魔物なんて、大鼠《おおねずみ》だの大蝙蝠《おおこうもり》だの、精々そんなもんだぞ？　よっぽど深くまで潜れば、銀剣蟹《ぎんけんがに》だの鉄《てっ》線蜘蛛《せんぐも》だの、おっかないのも出るらしいが……だからどうもきな臭いんだよ」

ランヴァルドは、ふむ、と唸《うな》る。大鼠に大蝙蝠、というと、本当に大したことの無い魔物である。ランヴァルドでもなんとかできる程度だ。そして、銀剣蟹にしても鉄線蜘蛛にしても、領主が出した討伐隊が全滅させられる程のものではないように思われるのだが……。

「そうか。それ以外で氷晶の洞窟の様子はどうだ？」

「ん？　ここ最近、魔物以外で変わった話は聞かなかった。むしろ好調だったぜ。あそこは水晶が採れるってんで有名だが、ここ最近は随分と質のいい水晶がうちにも持ち込まれてたてね。透き通って、艶があって、かなりの上物だ。見るか？」

店主はランヴァルドの返事も待たずに店の奥へ引っ込んで、それから水晶の欠片《かけら》を持って戻って来た。

「……魔力が濃いな。前に見た時よりも随分と質がいい」

「そうそう！　なんでも、これなら魔石としてもそれなりに使えるってんで、余計にそれでハイゼオーサは沸いてたのよ。ところがどっこい、これが出て二週間くらいか？　喜んで採掘に行った連中がある日突然帰ってこなくなってな。様子を見に行った領主様のところの兵士達さえ帰ってこなかった、ってんだから……いよいよヤバいかもな？」

「ああ、そうみたいだ」

ランヴァルドは考えながらもため息を吐いた。

……色々な原因は考えられるが、どれも碌《ろく》なものではない。何せ、魔力が濃い場所というのは、より強い魔物を生むのだから。

それに、急にその場所の魔力が濃くなったというのならば、間違いなく『何か』があったということになる。

まあ……氷晶の洞窟では、苦労させられそうである。

＊

夕方。もう少々情報収集したランヴァルドがようやく『林檎の庭』へ戻った時。丁度、ランヴァルドの部屋へ繋《つな》がる階段を下りてきたヘルガと行き会った。

「あら、帰ってきたのね。ネールちゃんなら部屋に居るわよ」

「そうか。世話になったな」

ネールのことは一応、ヘルガに言っておいた。しばらく一人にしておくから気にかけてやってくれ、と。今、ヘルガが階段を下りてきたのもついさっきまでネールと一緒に部屋に居たからかもしれない。

挨拶をしてそのまま部屋へ向かおうとしたランヴァルドだが、ヘルガに腕を掴まれる。そしてそのまま、階段の下まで引っ張って行かれてしまった。ヘルガはそのまま少々強引に、ランヴァルドをホールの端まで連れていく。

「ねえ。ネールちゃん、どういう子なの？」

そうしてヘルガは、声を潜めてそう、問いかけてきた。彼女にしては酷く真剣な顔で。

「どう、って……」

「私が部屋のドアをノックしたら、彼女、後ろ手に抜いたナイフを持った状態で警戒しながらドアを開けたわ」

……それは、と、ランヴァルドは背筋が冷たくなる。

もし何か間違っていたら、ネールは……ヘルガを殺していたかもしれない。

すっかり忘れていた。ネールは健気で、人に騙《だま》されてばかりいるような無知な生き物だが……同時に、魔物が蠢《うごめ》く魔獣の森で暮らして生き延びてきた程度に警戒心の強い生き物でもあったのだ。

「ヘルガ、お前、怪我《けが》は……」

「何ともないわ。ネールちゃんは警戒してただけで、私に怪我なんてさせなかったもの」

……ヘルガの無事を聞いて、ランヴァルドは知らず詰めていた息を吐く。何かあってからでは遅いが、何も無かったなら、ひとまずはそれでいい。

「彼女、少なくとも、普通の暮らしをしてきたようには見えないわ。ねえ、あの子、どういう子なのよ。どういう子だったら、部屋のドアをノックされた時にナイフを隠し持つようになるの？」

だが、ヘルガは『何も無かったからいい』とはならないようだ。それはヘルガ自身の為ではなく……ネールの為に。

実に、ヘルガらしい。彼女は愛想が良く、善良で、人を気遣うことを忘れない。だからネールのことが気になるのだろう。

「……そうだな。俺が見つけた時には、『魔獣の森』に居た」

だからランヴァルドは話すことにした。ヘルガは善人であることだし、何より、このままはぐらかされてくれそうにはないので。

「え？　『魔獣の森』、って……カルカウッドの東の？」

「ああそうだ。カルカウッドと魔獣の森とを行き来して、浮浪児と野生児の間ぐらいの暮らしをしていたらしい」

「どうしてそんなことに……」

「分からない。あいつは喋れないからな」

そう答えれば、ヘルガは『そんなことって』と、少々非難がましい目を向けてくる。

……ヘルガには見透かされているような気がする。ランヴァルドはネール自身に興味が無く、ただ、ネールが有用であるから連れてきたのだ、と。

実際、そうだ。ランヴァルドはネールの素性などどうでもいい。彼女が人間ではなく、魔物の子だったとしても構わないとすら思っている。

「文字は教えてる。いつか、あいつが伝えたくなったら書いて見せてくるだろ」

そんなランヴァルドはヘルガから目を逸らしながら、無責任だろうか、と、思う。

何も知らない幼い少女を利用するためにこんな風に連れ出しておいて、彼女の人生に責任を持とうとしているわけでもない。与えるものは与えているし、あのままカルカウッドに居るよりはマシだろうと思う。ネールにとっても悪いことではないだろう、とも、思うが……。

「……まあ、そういうことなら、いつか話してくれそうね」

だが、ヘルガはそう言って笑った。

「ネールちゃん、あなたのことが大好きみたい」

「え」

思いがけない言葉をぶつけられて、ランヴァルドはたじろぐ。下手に棘《とげ》のある言葉をぶつけられるより余程、堪《こた》えた。

「気づいてない訳じゃないでしょ？」

「……そりゃあな。その程度も分からないようじゃ、商人はやっていけない」

……知ってはいる。ネールは何故だか、ランヴァルドに懐いている。それくらいは分かる。分かっているから、ランヴァルドはネールを利用している。

「うちの父さんがあなたのこと大層お気に入りなのも知ってる？」

「知ってる。うっかりするとここの婿養子にされそうだってこともな」

「大丈夫よ。あなた、私の好みじゃないから！　私はもっと真面目な人が好み！」

「ああそうかよ」

ヘルガと軽口を叩き合いつつ、ランヴァルドはため息を吐いた。……どうも、ヘルガには敵《かな》わない。

「ま、そういうことで、あの子のこと、しっかり気にかけてあげてよね」

「分かってる」

「ほんとに分かってる？　あなたがいい加減なことをするようなら、あの子はうちで貰うから！看板娘、兼用心棒に丁度いいもの」

「まあ……そうだな……」

……ランヴァルドは、思う。ネールには案外、宿屋の看板娘が合うだろうな、と。

ついでに……本当なら、そうしてやった方がいいんだろうな、とも、思う。だがランヴァルドはやはり、ネールを手放すつもりは無い。少なくとも……貴族位を買える額の金を稼ぐまでは。

「さ。ネールちゃん連れて食堂にいらっしゃいよ。今日のデザートは最高よ？」

笑うヘルガに返事をしながら、少しばかり、罪悪感を覚えないでもない。厄介なことに。

＋

その夜、ネールはぱちり、と目を覚ました。何か、物音が聞こえた気がして。

「……う」

……その原因はランヴァルドである。ランヴァルドは魘《うな》されているらしく、小さく呻《うめ》き声《ごえ》を上げて、苦しそうに身じろぎしていた。

心配になって、ネールはランヴァルドを覗き込みに行く。だが、眉根を寄せて苦しそうにしているランヴァルドにしてやれることもなく、ただ、おろおろしながら眺めるだけになってしまう。

……昨夜も、こうだった。こんな風に魘されていて、苦しそうだった。もしかしたらその前も、こうだったのかもしれない。

原因は分からない。疲れが出たせいなのかもしれないし、これから洞窟に向かうから緊張していて夢見が悪いのかもしれない。だがなんとなく、ネールは、ランヴァルドがいつもこうなのではないか、と感じた。

……ヘルガが言っていた。ランヴァルドは、熱に侵されながらも一人、ボロボロになってこの宿に辿《たど》り着いた、と。恐らく、北から逃げてきたのだ、と。

どういう事情でランヴァルドがそうなってしまったのかは、よく分からない。だが……彼が大変な思いをして生きてきたことだけは、なんとなく分かる。分かるから、今、魘されているランヴァルドを見て、どうにかしてあげたいと思う。

それでもどうすることもできないネールは、しばらくおろおろしていた。……だが、やがて、ランヴァルドは落ち着いてきた。寝息が安定してきた。表情も幾分穏やかになっている。

それを見てほっとしたネールは、また、自分のベッドに潜りこむことにした。

……何かしてあげたかったのに、何もできなかった。そんな無力感をちょっぴり感じながら、ネールは毛布の中で丸くなって、再び眠りに就くのだった。

第四章 氷晶の洞窟

「よし……ここだな」

翌朝。ランヴァルドとネールは、氷晶の洞窟の前に辿《たど》り着いていた。

氷晶の洞窟とは、ハイゼオーサの北西の山にある洞窟だ。カルカウッドの魔獣の森のように魔力が多い土地であるのだろう。洞窟の中には綺麗《きれい》な湧き水が出る泉がある他、上質な水晶や魔石の類が採れるらしい。それらはハイゼオーサの産業の一部となっている。

ハイゼオーサでは魔石や水晶を使った細工物が有名である他、洞窟から町の外れまで水道を引き、洞窟の湧き水を町外れで使っているのだ。魔力が溶け込んだ水は、酒や水薬を仕込むのに使われる。ハイゼオーサで作られたエールは北部でも南部でも知られているし、ハイゼオーサで煎じた薬は効果が高いと評判である。

……さて、そんな恵みをもたらす氷晶の洞窟であるが、魔力が多い土地であるために今回のように魔物が湧くことがある。それでも魔獣の森のように魔物だらけではないところを見ると、魔獣の森よりは余程、魔力が薄い土地柄なのだろうが……雑貨屋の店主から仕入れた情報を照らし合わせれば、急激に魔力が濃くなった可能性も高い。その結果、とんでもない魔物が生まれている可能性も。

「この中には魔物が居るらしいからな。気を付けて進むぞ」

ランヴァルドはネールに声を掛けて、早速、洞窟の中へと進んでいく。『どうか無事に出てこられますように』というよりは、『奥に居るっていう魔物が高値で売れるやつだといいな』という気持ちで。

……ランヴァルドとしては、折角なら稼ぎたいのである。そこは何があってもブレることが無い！

洞窟の中ではあちこちに、氷か何かのような結晶が見られた。……非常に透明度の高い水晶である。これが、『氷晶の洞窟』の名前の由来となっており、同時にハイゼオーサの産業を支える資源ともなっている。

ネールはこの水晶の美しさに心を奪われたらしく、ほわあ、と感嘆のため息を漏らし、きらきらと目を輝かせて天井や壁面の水晶を見つめていた。

「……気になるなら一欠片《ひとかけら》二欠片、持って行ってもいいぞ」

目的である魔物の討伐の前に荷物をいっぱいにするわけにはいかないが、ネールがあまりにも水晶に見惚《みと》れるものだから、ランヴァルドはそう、許可を出した。

すると途端にネールは満面の笑みで頷《うなず》いて……地を蹴り、壁を蹴って、一気に天井付近にまで跳び上がってしまった。まるで羽でも生えているかのような挙動である。

ランヴァルドが少々慄《おのの》いていると、ネールはそのナイフの刺突と無意識による魔法の行使によって、天井付近から生え出ていた水晶の結晶を数本、根元から折り取った。

「っとと」

ネールが摑《つか》み損ねて落ちてきた結晶は、ランヴァルドが慌てて受け止める。折角の美しい結晶だ。傷がついては大変だ。上質なものの値打ちが下がるようなことは、ランヴァルドが決して許さないのだ。

さて、やがてネールは水晶の結晶を手に握って、ほくほくしながら戻ってきた。それを確認してみると、掌《てのひら》になんとかようやく収まるくらいの大きさのものから、ランヴァルドの指くらいのものまで、まちまちであった。だが、それら全てが傷も少なく、透き通り、形の美しいものである。雑貨屋で見せてもらったものよりも質がいいかもしれない。

「……中々悪くないな」

成程。確かにこの水晶なら、高く売れるだろう。ここで荷物を増やすわけにはいかないが、魔物を倒して戻ってきたところで水晶をもう少々、ネールに採らせてもいいかもしれない。

「魔力が少し、籠っているのか」

そして、この水晶には魔力がほんのりと感じられた。洞窟の入口付近でこれなのだ。もっと奥の方へ進めば、魔石として売れる程度で、かつ極上の水晶としての美しさを持つ結晶が見つかるかもしれない。

ランヴァルドは期待に胸を膨らませつつ、頭の中で算盤《そろばん》を弾《はじ》きつつ、楽し気なネールと共にうきうきと先へ進んでいく。


洞窟の中には湧き水で川ができていた。湧き水は清く澄んで美しかったが、何せ、冷たい。うっかり水の中に入れれば、身を刺すような冷たさに襲われることだろう。ランヴァルドとネールは慎重に、水から頭を出している石を足場に進んでいく。……とはいえ、ネールはまるで慎重さが見当たらない様子で、しかし正確に、ぴょんぴょんと飛び石または壁を蹴って進んでいたが。

「……気温が下がってきたな」

そうして洞窟の奥へと進んでいけば、次第に気温が低くなっていくのが分かった。湧き水のせいだろうか。

北部出身のランヴァルドには大したことのない気温だが、ネールには少し、肌寒いかもしれない。

「おい！　ネール！　寒くないか!?」

ランヴァルドの先を行くネールに後ろから声を掛ければ、ネールは一度、飛び石の上で静止して、そこで、少し考えて……『大丈夫』というように、にこ、と笑みを浮かべてみせてきた。

まあ、あれだけ動き回っていれば体も温まるだろう。ランヴァルドは納得して、ネールが再び先へ跳んでいくのを見つつ、自分も進むべく慎重に、水辺の石を踏んで行く。

そうして更に進んでいったところで、ふと、ネールが動きを止めた。

ランヴァルドも恐らくネールと同じものを感じ取って、そっと耳を澄ませる。

……ぴちょん、と、滴る水の音。天井から落ちた水かとも思われたが、それとはまた、音の重さが異なる。

そして何より……気配が。

「さて、そろそろお出ましか」

ランヴァルドは、隣に戻ってきたネールの耳元でそっと囁《ささや》く。ネールは、こく、と頷いて、ナイフを静かに抜いた。

「……相手は兵士を何人も殺してる奴《やつ》だ。気を抜くなよ」

ランヴァルドの言葉に、ネールはまた頷いて……そして。

次の瞬間、一気に奥に向かって、床を蹴った。


ネールが飛ぶように奥へ進んでいってすぐ。ランヴァルドは自分の役割を果たすべく、物音を立てつつ奥へと向かう。すると案の定、そこにいた魔物は天井近くを進んでいくネールではなく、ランヴァルドに気づいた。

「よお、デカブツ！　お前は全身どこも高く売れそうだな！」

ランヴァルドはその手にいつもの剣ではなく、弓を構えて、まっすぐにその相手……水晶でできたゴーレムを見つめた。

ゴーレムは、石や金属、時には氷といったものが魔力によって変じた魔物だ。概《おおむ》ね、魔石を核にして、そこに集まった石や金属で体を作っていくのである。

魔力の濃い鉱山の奥に生息することが多い。かつて存在した古代文明には、ゴーレムを人工的に生み出す技術があったというが、そんなものは失われて久しい。まあ、そういった魔物である。

ランヴァルドはゴーレムを睨《にら》みながら、にやり、と笑う。何せこのゴーレムは……全身が水晶でできているのだ！

「おいおい、こりゃあ上物だな」

水晶の質は、然程《さほど》良くないものも交じっている。足や腕を構成している濁った結晶については、水晶としての価値はほとんど持たないだろう。だが、頭部や胴体の一部は、透き通って美しい。あれは高く売れそうだ。……加えて、ゴーレムは魔力によって動く石材でもある。つまり、体を構成する石は全て、魔石なのだ！

まあ、全身が高値で売れそうなゴーレムの価値はさておき、その強さもそれなりである。魔力を多く有するため、その体は極めて強靭《きようじん》だ。ランヴァルド一人では勝てそうもない相手ではある。最も、ハイゼル領の兵士達《たち》が誰も帰ってこなかった、というのは、いささか不思議だが……。

……どのみち、ランヴァルドには関係のないことである。何せ、こちらにはネールが居るのだ。

「よし……くらえ！」

ランヴァルドがわざわざ声を上げて注意を引きつけながら矢を放てば、ゴーレムは飛んできた矢を腕で叩《たた》き落としながら、ランヴァルドに向かって突進してくる。この程度の獲物に小細工は必要ない、とばかりに、真《ま》っ直《す》ぐ。ランヴァルドだけを、その目に映して。

……そうしてゴーレムの腕が、いよいよランヴァルドへ到達する、というその時。

「かかったな」

ランヴァルドは恐怖に体を硬くしながらも、『勝ち』を確信した。

ゴーレムの肩関節の上へ、勢いよくネールが降ってきたのである。

バキン、と、水晶が鋭く割れ砕ける音が響いた。

ネールのナイフはゴーレムの肩関節を寸分違わず破壊していた。水晶と水晶の継ぎ目……魔力によってくっついていたのであろうそこは、ネールのナイフの一撃で砕け、砕けたことによって魔力を一時的にでも失い……そうして、ゴーレムは腕を失った。

「よし、いいぞ！」

ランヴァルドが次の矢を番《つが》える間に、ネールはゴーレムの肩の上に乗り、続いてゴーレムの頭部を狙う。

ランヴァルドしか映していなかったゴーレムの目が、ようやくネールを捉えたが……もう遅い。

ネールのナイフはゴーレムの首へと差し込まれ、そしてまた、バキン、と水晶が砕けた。

ゴーレムが暴れると、ネールの軽い体は吹き飛ばされそうになった。だが、ネールは上手にゴーレムの首を破壊し終えると、そのままぴょんと宙へ跳んで、ゴーレムの足元へと着地した。

ゴーレムはその巨体故に、懐に潜り込まれると弱い。先程、いきなり首を落とされたゴーレムは魔力を急激に失って動きを鈍くしていたが……とどめ、とばかりにネールがゴーレムの足首を破壊していくと、いよいよゴーレムは地響きを立て、ずしん、と地面に倒れたのであった。


「ふう……よくやったぞ、ネール！」

ゴーレムの死を確認したランヴァルドは、嬉々《きき》としてネールを褒め称《たた》えた。ネールは途端に嬉《うれ》しそうにする。褒められると嬉しいらしい。健気《けなげ》なことである。

「水晶でできたゴーレムか……。ああ、悪くない！　つまり、上等な魔石の塊だからな！」

ランヴァルドはゴーレムの死骸……つまり、魔力を持つ水晶の塊を前に、『さて、どう誤魔化して持っていくかな』と考え始める。流石《さすが》に、この巨体丸ごと一体分を運ぶわけにはいくまい。そして何より、この死骸は基本的にはそのまま領主バルトサールへ献上し、後の処理はハイゼルの兵士達に任せることになるはずだ。……だが、持っていけるものは持っていきたい。手に入る金は全て手に入れたいのである。

と、ランヴァルドが悩んでいたところ。

「……お前、賢いな」

なんと。ネールが既に、動いていた！　ゴーレムの体から生え出た綺麗な結晶だけをナイフで叩いて、砕けたものを拾い集めているのだ！

これなら確かに、『戦っている最中に折れた部分です』と言い訳することもできるだろうし、そもそも気づかれない可能性が高い。

ネールは中でもとりわけ美しく上質な水晶を折り取ると、にこにこしながらランヴァルドに差し出した。

「ああ、これはいいな。貰《もら》っておこう。……だが、ほどほどにしておけよ」

ランヴァルドが声を掛けると、ネールはこくりと頷きつつ、また水晶を集め始めた。

……そんなネールを横目に、ランヴァルドはふと、ゴーレムの胸部を見た。

「ん？　これは……」

ランヴァルドは眉根を寄せる。どうも、嫌な予感がする。

……ゴーレムの胸には、何か、紋章のようなものが刻まれていた。

まるで、『人工的に作られたゴーレムです』とでもいうかのように。

……そうして、ネールが満足したところで採取はそこまでとする。

本当なら、もっと大量にゴーレムの体を持ち帰りたい。が、これ以上やっても荷物が重くなるだけだ。荷物を重くするのは帰路についてから……この洞窟を全て探索してからの方がいい。

そう。『この洞窟を全て探索してから』だ。

「……ここで兵士がやられたにしては、遺品の類が見当たらないな。ゴーレムが人を食うとも思えないが……」

ランヴァルドはふと気づいて、辺りを見回してみる。だがやはり、無い。剣やナイフの一本、鎧《よろい》や盾の一欠片も、見つからない。

……兵士が全員死んだ、と聞いている。そして、それらの遺体を全て回収する余裕があったとは思えない。全く手つかず、と考えた方がいいだろう。ならば遺品はおろか遺体や血痕の一つすら見当たらないのは、どうも、おかしい。

「……まだ奥がある、ってことか」

ランヴァルドの目は、ゴーレムが居た場所の更に奥……ゴーレムによって先程まで隠されていたそこを見据えた。

……奥へと続く通路が、見える。

「兵士達が死んだのは、多分、もっと奥だ」

奥へと進みながら、ランヴァルドはそう、言葉にする。

「水晶ゴーレム……さっきのデカブツと兵士達が、そこで戦ったんだろう。で、兵士を皆殺しにしたゴーレムは、洞窟のもうちょっと浅い所……さっきの場所に陣取ることにした、ってわけだ」

ネールは、こくこく、と頷きながらランヴァルドの話を聞いている。実際のところ、ランヴァルドはネールに聞かせるために話しているのではなく、自分の考えを纏《まと》めるために口に出しているだけなのだが、ネールはそれでも一生懸命だ。健気なことである。

「……何のために、こんなことしてたんだろうな」

そうしてランヴァルドは、そう呟《つぶや》いて眉根を寄せた。

ゴーレムほどの魔物になれば、それなりに知能もあったはず。意味もなく、人間の住処《すみか》へと近い上層へ進むことは無いだろう。だとしたら、何故《なぜ》、あそこに居たのか。まるで、深部への入口を塞ぐように……。

……そう考えたランヴァルドの口から、ふと、言葉が漏れる。

「門番……いや、まさかな」

門番。

……そう、思い付きで言ってしまってから、本当にそうなのでは、という気がしてくる。

ゴーレムは、この先にある何かを人間から守るために、あそこに陣取っていた。そう考えると、辻褄《つじつま》が合うように思えるのだ。ゴーレムの胸に刻まれた紋章も、『古代文明にはかつてゴーレムを人工的に生み出す技術があった』ということについても。

「……何を守ってるんだかな。財宝なら万々歳だが」

ランヴァルドはそう嘯《うそぶ》きつつ、どうにも嫌な予感を拭い切れない。……ついでに、ランヴァルドの『嫌な予感』は、よく当たる方である。


「うわ」

しばらく進んでいったところで、ランヴァルドとネールは凄惨な光景を目の当たりにする。

「……こいつはひでえな」

ランタンを掲げてみるまでもない。

それは、死体の山であった。

……恐らく、ハイゼルの兵士達だろう。ゴーレムに潰されたと見えて、とにかく酷《ひど》い状態だ。遺体の形がまともに残っていないものもある。洞窟の床は、固まった血で赤黒く染まっていた。

ただ、まだ死体がそこまで傷んでいないのが救いだろうか。ここは外より気温が低い。だから死体が傷むのが遅いのだ。

また、床の上には水晶の破片や塊が落ちていた。どうも、ゴーレムは先程の一体だけではなかったらしい。まあそうだろうな、とランヴァルドは納得する。流石に、ハイゼルの兵士達がゴーレム一体で全員死ぬということは考えにくかった。つまり……先程のゴーレムと同じようなものが、あと一体か二体か……まあ、これらの兵士を皆殺しにするのに十分な数が居たのだろう、と思われる。ランヴァルドがそんなことを考えていたところ、ネールが、くしゅ、とくしゃみをした。……少し肌寒いのだろう。

「ああ、寒いか。ええと……あ」

何か無いか、と周りを見てみたところ、ハイゼルの兵士達が使っていたと思《おぼ》しき外套《がいとう》が一枚見つかった。戦う前に脱ぎ捨てたものなのか、幸い、ほとんど汚れていない。これならばまだ使えそうだ。

「これ、着てろ」

ほら、とネールに外套を着せてやると、ネールは少し体が温まったのか、ほう、と息を吐いて嬉しそうにした。……だが、はっ、と何かに気づいたようになると、折角着た外套を脱いで、ランヴァルドに渡そうとしてくるのだ。ランヴァルドは『流石に気に入らなかったか』とも思ったが……心配そうなネールの顔を見て、ネールの意図するところに気づく。

「ああ、俺のことなら心配するな。俺は寒さに強いんだ。北部の出なんでね。この程度なら涼しくて丁度いいくらいだ」

ランヴァルドがそう説明してやると、ネールはまだ少し納得していない様子ではあったが、やがて、こく、と頷いて、再び外套を身に着け始めた。

……が、ネールには裾が長すぎる。ずりずり、と裾を引きずる有様だったので、少しおかしい。

ランヴァルドは苦笑しつつ、ネールのナイフを借りて、外套の裾を適当に切ってやった。裾がぼろぼろだが、ずりずりやっているよりはマシだろう。

「さて……こいつらをどうにかしてやるのは、全部終わった後になりそうだな」

ネールの防寒対策ができたところで、さて、とランヴァルドは周囲を見回す。

……兵士達の遺体は痛ましいが、だが、今はどうにもできない。そもそも、彼らをどうこうするのはハイゼル領主の仕事であって、ランヴァルドの仕事ではない。

なので気休め程度、ランヴァルドは祈りを捧《ささ》げた。無論、ランヴァルド自身は特に敬虔《けいけん》な信者というわけではない。むしろ、神に唾を吐きかけてやりたいことが今までに幾度となくあった。

だがそれはそれとして……ここで死んだ者達は信心深く神を信じていたのかもしれないのだ、とは思う。だから、『祈っていたかもしれないこいつらに目をかけてやるぐらいはして頂きたいもんだ』という思いで祈る。

ランヴァルドは自分のためには祈らない。悪徳商人になる以前から、神に助けてもらえるとは思っていない。だが……まあ、他者はその限りではないのかもしれない、とは思っている。祈って救われる人も居るのだろうし、それを否定する気は無い。その程度の良心は、残っている。

ランヴァルドが祈りを捧げていると、ネールはそんなランヴァルドを見上げて、それから、ランヴァルドを真似《まね》るように手を組んで、祈りの姿勢を取り始めた。

そのまま暫《しば》し、二人で祈りを捧げていた。この暗く深く冷え切った洞窟の奥からでは、神に祈りが届くとも思えなかったが。

そうして二人は、また洞窟の奥へと進んでいく。湧き水が湧き出る地点を越えていけば、空気こそ湿っているものの、足場はそれなりに乾いて歩きやすくなってきた。一方、進めば進むほど、空気は冷えていった。ネールが少しばかり寒そうにしていたので、ランヴァルドは『こいつには防寒具を用意してやらなきゃダメか』と考え始めた。

……そんな道のりを行くと。

絶句する。ただ、洞窟の岩壁と天井、そして床が続いていくように思われたそこに、整えられた石の柱の残骸のようなものが落ちている。

「これは……」

……明らかな人工物だ。

ランヴァルドは思わずその柱の残骸に駆け寄って、観察する。

それは、上等な白大理石を削り出して造ったように見える代物であった。半ばから折れているが、そこに施された彫刻の美しさも、白大理石自体の上質さも、見てすぐに分かる。ついでに、折れた断面は埃《ほこり》が積もっているわけでもなく、ただ白く、新しいように見えた。

柱の残骸の更に先へと視線をやれば、床や壁は、天然の洞窟のそれではなく……途中から、人工的に作られたものへと変わっている。どうやら、洞窟の奥がこの建造物と繋《つな》がっていたらしい。或《ある》いは、『繋がってしまった』のか。

「おいおいおい……これは一体、どういうことだ」

ランヴァルドは半ば混乱しながら、石畳の様子を確かめ、石材を積んで造られたらしい壁に触れて、状態を見る。それらは古びているものの、確かに、文明と技術を感じさせるものだった。ついでに、柱や壁に刻まれた飾り彫りには紋章が含まれている。先程のゴーレムに刻まれていたのと同じものだ。やはり、あのゴーレムはここの守護者であったのだろう。

そして、洞窟との境目は、確かに『壁をぶち破った』ような様子になっている。柱の折れ方から考えるに、この建造物と洞窟が繋がってしまったのは比較的最近のことなのだろうが……。

ふと視線を落とすと、不思議そうにランヴァルドを見上げるネールの目があった。ランヴァルドは『ああ、こいつにこれの意味は分からないか』と理解して、説明してやる。

「床や壁を見ろ。どう見ても人工的なもんだろ？　こんな風に、石材がきちんと積み上げられた洞窟があると思うか？　こんな彫刻が、自然にできると思うか？」

ネールにそう問いかけてやれば、ネールは『たしかに』というように神妙な顔で壁や床を見つめて、ふんふん、と頷いた。

「恐らくは、元々あった遺跡の類と洞窟が繋がっちまったんだろうな。あの柱は最近折れたもののようだし……もしかすると、魔物が湧いたっていうのも、この奥に原因があるのかもしれない」

ランヴァルドはそう言って、それから自身の教養と知識との中から情報を掬《すく》い上げ……それをネールに伝える。

「そうだ。これは間違いなく、遺跡だ。ここは古代遺跡の類だろう。古代文明の……魔法をもっと当たり前に使っていた時代のもんだ」

……そう。どうやらランヴァルドは、とてつもない場所へ来てしまったようなのである。

古代文明、というものについては、多少なりとも学ぶ機会があった者ならば誰でも知っている。

『今はもう失われてしまった高度な技術を持つ人々が暮らしていた時代』があったことくらいは、御伽噺《おとぎばなし》の類でも伝え聞くことが多いだろう。

そう。かつて存在したというその時代……人々は当たり前に魔法を使い、高度な技術を用いて、今からは考えられないような繁栄の時代を築いていたらしい。

だが、その時代は唐突に終わった。

どうやら、当時の中心地が何らかの事情で滅びたらしいのだ。原因は分からない。そんなものは残っていないが、流行《はや》り病《やまい》によるものだとも、魔物に襲われたのだとも、自らが築いた文明によって滅びたのだとも言われている。

そして、一度生まれた技術も知識も、それらのほとんど全てが土や雪の下に埋もれる一方、生き残った人々が再び築き上げた素朴な世界が広がっていき……今に至る。

今ではすっかり失われてしまった旧文明の技術や知識だが、それらが遺跡などから出てくることも、ままあった。現代において魔法を使える人間は然程多くないが、魔法を用いた道具の類は、都市部では当たり前に流通している。そんな道具の類は、遺跡から出てきた旧文明の品を研究し、現代に蘇《よみがえ》らせたものであることが多い。例えば、魔石を置くだけで光が灯《とも》るランプは、煤《すす》が出ないことやその美しさ、明るさから、王級や貴族の邸宅で重宝されている。

他にも、現在の王都は古代文明の遺跡の機構を用いて整備されているらしく、町中に水道が引かれているのを見たことがある。後は、学者達がこぞって古代文明の魔法を研究しているのを見たこともある。現代では失われてしまった大規模な魔法が、古代文明には存在していたそうだ。天候を操って雨を局所的に降らせる魔法で農業を助けていただとか、光を集めて剣と成したもので凶悪な魔物を屠《ほふ》っただとか、魔物が立ち入れない『聖域』を築き上げただとか……。半ば御伽噺のような『伝説』の中には、そんな情報が残っている。

そんな曰《いわ》く付《つ》きの『古代文明』であるが、その遺跡が今、目の前にある。

ランヴァルドの知識の中には、こんなところで古代文明の遺跡が見つかったという情報は無い。つまり、この遺跡は未《ま》だ誰も踏み入っていない、新発見の遺跡である、と考えられる。

……少し迷った。あのゴーレムも、この中から出てきたのだろう。となると、まだあのゴーレムの仲間が、この奥に潜んでいるかもしれないのだ。

だが同時に、旧文明の遺跡ともなれば……現在には残っていない魔法の代物や、高価な財宝の数々が眠っている可能性が高い。

未だ誰も入っていない場所であるならば、猶更《なおさら》だ。ランヴァルドが誰よりも先に、その財宝に辿り着くことができる！

「……行ってみるか」

そうしてランヴァルドは、欲望に負けた。一度引き返して領主に報告を、と考えないでもなかったが、やはり、この遺跡をそのまま明け渡すような、そんなお利巧さんな真似をしてやるほどランヴァルドは善良ではなく、無欲でもないのだ。

「ほら、この奥に魔物が居るかもしれないからな。その魔物が出てきちまったら、多くの人が困るかもしれない。だから一応、見に行こう。な？」

ついでに、ネールにはそう言って誤魔化す。ネールを機嫌よく動かすには、こうした優しい大義名分の方がいいような気がしたのである。なんとなく、だが。

すると案の定、ネールは意を決したように大きく頷いて、やる気いっぱいに歩き出した。寒いだろうに、それを感じさせないほど力強い歩みである。

ランヴァルドは『まあ、魔物が出てもネールが居るしな』ということで……ネールの後に続いて、古代遺跡へと足を踏み入れていくのだった。

古代遺跡の様子は、天然の洞窟とは大きく異なる。直角に曲がる通路も、しっかりと積み上げられた石材の壁や天井や床も、精緻な彫刻を施された柱も……全てが人工的に整えられたものだ。

廊下の壁面には、光の灯る魔法仕掛けのランプがある。誰にも見つからないまま、ここで長い長い時を経て、尚《なお》、これなのだ。古代文明とは果たして、どれほどの技術を擁するものだったのだろうか。

「おい、ネール。行くぞ」

ネールは後ろを振り返って立ち止まっていたが、ランヴァルドはネールを呼び寄せて、遺跡の奥へと進んでいくのだった。

……が、古代遺跡の中は、中々に酷いものだった。

「ははは……まさか、こんなに魔物が出てくるとはな……」

ランヴァルドは乾いた笑い声を上げつつ、たった今、ネールが屠ったばかりの魔物の姿に圧倒される。

……ネールは、文字通り、魔物の死体の山の上に居た。そう。山である。山ができた。魔物の死体で！

当然のようにゴーレムも出てきたが、それはそう数も多くない。魔物の大半は、然程大きくないものだった。人間の乳児程度の大きさの蝙蝠《こうもり》だとか、ネールの頭くらいの大きさの鼠《ねずみ》だとか。大方、この古代遺跡に潜り込んだそれらがこの辺りの魔力に中《あ》てられて変質したものだろうが……それにしても、数が多い。それだけこの辺りは魔力が濃い、ということなのだろうが。

「……このネズミ共の毛皮を剝いでやったら、それなりに売れそうだな」

ランヴァルドは冷静に検分しつつ、そんなことを言ってみる。実際、大鼠の毛皮は中々悪くなかった。まあ、これを持ち帰るなら、帰路に就いた時、ということになるだろうが。

「この辺りの魔物は居なくなったか……。よし、行くぞ」

一応、逐一魔物は全て狩って進んでいる。帰路の確保は大切であるし、何よりも、持ち帰る『商品』の総量は把握しておくべきだ。どれをどの程度の量持ち帰るのか。それをきっちり見定めてから、採取に臨んだ方がいい。まあ、今のところ、ゴーレムの水晶の方が価値が高そうなので、持ち帰るのはアレ優先、という事になるだろうが……。

更に奥へ進んでいくと、より大きな種の魔物が出てくるようになった。

それこそ、大鼠や大蝙蝠といった魔物ではなく、霜鴉《しもがらす》や空魚まで出てくる始末である。空魚は文字通り、空を泳ぐ魚である。何か動物が変質して魔物になったものではなく、純粋に魔力から生まれ出た魔物の代表例だろう。

体は然程大きくないが、すばしこく、鰭《ひれ》が鋭い。ただ無邪気に泳ぎ回るだけで人間を殺せる空魚は非常に恐ろしい魔物なのだが……まあ、それもネールにかかれば、あっという間に三枚おろしだ。

「……残念ながら、空魚は食えないぞ」

空魚の中骨を綺麗に外してにこにこしていたネールにそう告げると、ネールはなんとも悲しそうな顔をした。食べたかったらしい。しょんぼりしてしまったネールを見て、ランヴァルドは罪悪感に駆られないでもない。ランヴァルドは悪いことはしていないのだが……。

「空魚で採取すべきなのは、この鰭だな。綺麗だろ。あとは大きな空魚が居たら、そいつの骨が軽くて透き通って丈夫なもんだから、あちこちに使われる。肝も薬になるからな。干しておけば日持ちもするし、優秀な換金材料だ」

ランヴァルドはそう説明しつつ、続いて霜鴉の白い羽について説明しようとし……そこで、ネールの腹が『きゅう』と鳴ったのを聞いた。……まあ、だからこそ、ネールは空魚を食べようとしていたのだろうが。

「……腹が減ったなら休憩するか。もうそろそろ、最奥だろうしな」

仕方なく、ランヴァルドはそう提案して、ネールと共に休憩を摂《と》ることにしたのだった。

休憩するにあたってランヴァルドが何より先に行ったのは、火の確保であった。何せ、ネールが少々寒そうだったのだ。

地下に埋もれた石造りの建物、となると、やはりどうしても、冷える。……ランヴァルドは、『俺の寒さの基準でネールのことも考えたらまずかったな』と少々反省していた。

何せ、ランヴァルドは北部も北部、この国で最も寒さが厳しいとされるファルクエーク領の出身である。一方のネールは……まあ、出身がどこかは分からないが、大方、南部のどこかだろう。南部は北部と違って、小麦が年に二回作れるし、葡萄《ぶどう》も栽培できる。そのくらい暖かい地域の人間が、北部の端で生まれた人間と同じ感覚で暑さ寒さを感じ取る訳が無かったのだ。

ついでに、ネールは体も小さい。これでは、自らを温める熱を発する能力も低いだろう。だからこそ、焚火《たきび》を熾《おこ》してやりたかったのだ。

……とはいえ、この辺りで燃やせる薪《まき》の類など見つかる訳もない。ではどうするかといえば……。

「やっぱりな」

ランヴァルドは遺跡の通路の行き止まり……落盤か何かで埋まって潰れたらしいそこを探して、にやりと笑った。案の定、そこには大鼠や霜鴉の巣があったのである。

体軀《たいく》の小さな彼らは魔力に引き寄せられてここまでやってきたのだろうが、彼らとて巣材の一つも落ちていない遺跡の中では生きていけない。当然、迷い込んできたからには人間が通れないほどの小さな隙間があるもので、彼らはそこから通って地上へ出て、そこで手に入れた巣材を持ち帰っては巣を作っていたのだろう。

……ということで、巣に使われていた枯れ枝や樹皮の繊維などを使って、小さいながら焚火を熾した。巣材はすぐ燃え尽きてしまうようなものばかりではあるが、それなりに集まればそれなりに燃える。ネールが小さな手を翳《かざ》して温まるには十分な大きさの火ができた。

ネールはそうして焚火で温まりつつ、ほう、とため息を吐《つ》いて、とろり、と笑みを浮かべた。暖かいのが好きらしい。ランヴァルドは『奇遇だな。俺もだよ』と思いつつ、持ってきていた食料をネールに渡してやった。ヘルガが包んでくれたそれは、ハムやチーズを挟んだパンだ。ネールはパンを齧《かじ》って、水筒から水を飲み、満足げにもむもむと口を動かしている。

ランヴァルドもネールと同じものを食べながら、焚火で少々の暖を取る。小枝ばかりの焚火は、世話が面倒ではある。すぐ燃え尽きてしまうところへ次々に小枝を放り込んでいかなければならないためだ。だが、こんなものでも暖を取れるのだから文句を言うことはできない。

「ここまで、碌《ろく》に財宝が無かったからな。最深部には期待したいところだが……」

ランヴァルドはそう呟いて、遺跡の奥の方へと視線をやる。

……遺跡の奥の方からは、何か、魔力の気配も強く感じる。古代魔法仕掛けの品があるか、はたまた、強い魔物が居るか。どのみち稼げることに違いはない。これはいよいよ期待できる、だろうか。

「あんまりにも高価なモンだとどこにも売れなかったりするが、今回は領主様からの直々のご命令だからな。買い手には不足しない。最高だな」

何より、今回は領主バルトサールが居る。つまり、金を持っていることが明らかに分かっている者に高価な代物を売りつける機会を得られる、ということである。

買い手不足はいつでも商売の悩みだ。貴重なものであればあるほど、高値が付く一方で買い手は少なくなっていく。だから、貴族との繋がりは欲しい。今回、領主バルトサールから『名誉』の白刃勲章を賜ったなら、いよいよ、貴族相手に商品を売り込むことも可能になってくる。ランヴァルドが『名誉』を欲したのはまあつまり、そういうことだ。より金を稼ぐためにも、『名誉』は必要なのである。

そんなことを考えつつ、ランヴァルドはにやりと笑った。望む未来は、近づいている。


……その時だった。

しゃ、とネールがナイフを抜く。ランヴァルドも、すぐさま弓を取って矢を番えた。

そうして武器を構えた二人が見据える先にはやはり、武器を構えた連中が居た。

「……なんだ？　わざわざ追いかけて来たのか？　そんなに俺のことが好きとはね」

ランヴァルドは軽口を叩きながら相手を観察した。

相手は、十人。中々の数だ。そして、その先頭に立っているのは……ネールが『殺し損ねた』例の冒険者。ランヴァルドを魔獣の森で裏切り、積み荷を奪ってくれた、例の連中の生き残りであった。

＊

「よく後を追ってこられたな」

ランヴァルドはまず、訝《いぶか》しむ。ランヴァルドはネールと共に、奴らを撒《ま》くために寄り道してここまで来ているのだ。だというのに、どうしてこうも行き会うのか。

「何、お前らが俺達の居る方へ来てくれたってだけさ。しかも町中をお前らみたいなのがウロウロしてたら嫌でも目立つ。……ああ。そっちのお嬢ちゃんはよく目立つんだよ。金の髪に鮮やかな青の目。どうしたって目立つだろうが。な？」

迂闊《うかつ》だった、とは思わない。あの後奴らが移動するにしても、ハイゼオーサではなく、南の方だろうと思ったのだ。何せ、ランヴァルド達は一度南へ行くように偽装していたのだから。まさか、それを無視してハイゼオーサへ向かうとは。

だが、ハイゼオーサでたまたま見つかってしまって、そのまま追いかけられたことについては、少々反省しないでもない。要は……ネールが、あまりにも美しすぎるのだ。

黄金の髪に、海の色の瞳。そして整った顔立ちと、大人しく優しい気性。ランヴァルドの後を一生懸命てくてく付いて歩く姿は、確かに町中でもそれなりに目立つだろう。こちらが人を見るのと同じ分だけ、人からこちらが見られている。そして、一度見ただけでも印象に残る程度には、ネールが美しすぎる。ランヴァルド一人の時とは勝手が違う。

参ったな、とランヴァルドは内心で嘆息した。絶世の美少女というものは如何《いか》なる時代においても厄介ごとの種であるが、まさか、ここまでとは。流石に実感が追い付いていなかった。もう少し慎重になるべきだったか。少なくとも、ネールの美しさについては。

「ま、そういうわけで付いてきたら大正解だ！　道中にあったありゃ、なんだ？　魔石の塊か？　高く売れそうだな。やっぱりお前達の後を付けてきて正解だった！」

朗々と、堂々と、そんなことを話す冒険者達にランヴァルドは怒りと憎悪を煽《あお》られる。……ランヴァルドは自分がバカにされることより、自分の金を横取りされることに対して、より敏感なのである。

「はっ。盗むっていうんならもっと上手《うま》くやってもらいたいもんだな」

「別にいいだろ？　お前にはここで死んでもらうんだ。ああ、そのお嬢ちゃんはこっちで貰ってやるから安心しろよ」

「……俺を殺すのは簡単だろうが、こいつを貰うのはお勧めしないぞ」

ついでに、ランヴァルドは『そのお嬢ちゃんはこっちで貰ってやる』という連中に対しては、怒りや義憤より先に心配がくる性質であった。

どう考えても、こいつらにネールを手懐《てなず》けられるとは思えない。いや、ランヴァルド自身も、どうして自分がネールを手懐けられたのかよく分かっていないが。だがまあそれにしても、目の前の連中は現実が見えていないのだ。愚かしいことに。……何せ、今、ランヴァルドの横でネールが憤怒に燃えていることにすら、気づいていないのだから。

「……あー、ネール」

ネールは、ランヴァルドが『やっちまえ』と言うより先にナイフを抜いていたし……ランヴァルドが声を掛けたその瞬間、任せておけとばかりに力強く頷いて、即座に床を蹴っていた！

ネールは速かった。

足掛かりとなる木々が無数に存在する森の中でこそネールの戦い方は生きるのだろう、と思っていたランヴァルドだったが、その考えは少々甘く見積もりすぎであったことを知る。

この場所のような、遺跡の通路の中。これもまた、ネールにとって最適な戦場の一つであったのだ。

ネールは壁を駆け、天井を蹴って、冒険者達の真ん中へと降り立った。敵十人に自ら囲まれに行くような、あまりにも無謀な位置取りである。だが、ネールはまるで臆さない。冒険者達をぎろりと睨みつけると、そのまま奴らの剣をすり抜けて……一人。

まずは一人分、その喉を刺し貫いたのだった。

「よし！　いいぞ、ネール！」

ランヴァルドは歓声を上げながら、自らも矢を放った。

ネールに当たらないように、と気を付けただけの矢は、当然、敵の誰かに命中するわけでもない。

だが、それでいい。

ランヴァルドが矢を放てば、弓の弦が鳴って、矢が空を切る。その音に、冒険者ならば反応しない訳がない。案の定、冒険者達はランヴァルドが放った矢へと意識を持っていかれ……その隙に、ネールを見失う。

そう。ネールを見失ったのだ。そしてそれは、彼らにとって命とり。たった一瞬でも目を離したならば……その隙にネールは、奴らの死角へと潜り込む。

シャッ、とナイフが動き、鍛えられた鋼が焚火の光を反射して赤く輝いた。そして次の瞬間にはより鮮やかな赤色が、ぱっ、と宙を舞うことになる。

……二人目。ネールはまた冒険者の喉を搔《か》き切って、その海色の瞳を爛々《らんらん》と輝かせていた。


冒険者達に取れる最善手は何だっただろうか。

武器を構え、ネールに立ち向かおうとした者も居たが、そいつは剣の間合いの内側に入り込まれてあえなく死んだ。これで三人目。

続いて、ネールが三人目を殺すことを見通して、その三人目ごと斬り捨てるような太刀筋で剣を振り下ろした奴が居たが、ネールは見えてもいないであろう背後からの攻撃をあっさりと躱《かわ》して、そいつの脚の間を潜《くぐ》って背後へ回る。そのついでに脚の腱《けん》を切って動けなくしておいてから、ぴょん、と跳び上がって延髄を斬り裂いた。これで四人目。

「く、くそ！　話が違うぞ!?　男一人とガキ一人じゃなかったのかよ！」

「こいつ化け物か!?　く、来るなぁああ！」

そうして立て続けに四人死んだところで、冒険者達の内の三人が逃げ出した。

「お、おい！　金の分は働け！　待て！」

……どうやら、ランヴァルドを殺そうとした例の冒険者以外は、金で雇われた連中らしい。大方、ハイゼオーサでたまたまランヴァルドとネールの情報を聞きつけて、慌ててかき集めた護衛なのだろうが。ああして逃げられているのだから世話の無いことである。

「おっと。逃がさねえぞ」

だがランヴァルドはここで容赦してやるつもりは無い。即座に矢を放って、元来た道を逃げようとした冒険者の背中に矢を命中させてやった。……どうやら、まだまだ弓の腕は衰えていないようである。まあ、運が良かっただけにも思えるが。

すると、逃げかけていた残りの二人は、反対方向に向かってまた逃げ始めた。つまり、遺跡の最深部である。

ランヴァルドが射殺した五人目に続いて、ネールがこちらで六人目と七人目を殺していた。残り三人、かつ二人は奥へ逃げている、という状況になったところで……逃げ損ねた一人が、武器を捨てて、床に膝をつき、額を床に擦《こす》り付け始めた。こいつは見覚えがある。ランヴァルドに護衛として雇われ……ランヴァルドの脚の腱を断って、魔獣の森に置き去りにしたその本人だ。

「わ、悪かった！　もうお前達を狙うことはしない！　だからどうか、見逃してくれ！」

……そして、どうやらここに来て、命乞いを始めたらしい。

ランヴァルドは少し考えた。が、結論はすぐに出る。

にやり、と笑って……剣を抜いて、その剣を冒険者の首に突きつけつつ、言ってやった。

「金貨五百枚」

「……へ？」

「返してくれたら、見逃してやってもいい」

顔を上げた冒険者の目玉を狙うように刃の先を動かして、ランヴァルドはにやりと笑いかけてやる。

金貨五百枚。ランヴァルドが奪われた積み荷の額だ。つまり、こいつがランヴァルドから奪った財産の額。

「ああ、いや、やっぱり金貨五百十五枚だな。お前達に負わされた怪我《けが》の治療に最高級の魔石を使ってるからそれで金貨二枚。お前達のせいで回り道する羽目になったからかかった宿代と馬車代で金貨一枚。この俺の時間を損失させた分、金貨二枚。で、契約違反の埋め合わせとして金貨十枚だ。どうだ？」

いっそにこにこと上機嫌にも見えるであろう笑顔でランヴァルドがそう問いかければ、冒険者は碌に分かっていないだろうに、何度も頷いた。

「か、返す！　勿論《もちろん》だ！　すぐに返す！」

「そうか。じゃあ渡してもらおうか。金貨五百十五枚だ。ほら。そこに出せ」

……だが当然ながら、冒険者がそんなに大金を持ち合わせているわけがない。ランヴァルドから奪った積み荷は金貨五百枚に足りない額で適当に売ってしまったのだろうし、その後、仲間五人で山分けして、どうせ飲み食いか女かに大分使ってしまったのだろう。

それでも余った分は、今、ここで死体となってしまった連中を雇うために払ってしまったのだろうし……要は、金貨五百十五枚なんて、持っているわけがないのだ。

「今はそんなに持ってるわけないだろう！　だが、戻ったら必ず返す！　だから……！」

「そうか。後払いか。……だが、分かっていると思うが、後払いっていうのは借金だ。誰だって、返す信用がある奴にしか金は貸さないもんだ」

ランヴァルドは冒険者を見下ろしながら、その藍色の目を細めた。

「お前は俺を裏切った。契約書も前金も、反故《ほご》にしやがった。ついでにこれから金貨五百枚稼げるアテがあるとも思えない。……信用なんか今更あったもんか」

す、と動かした剣が、冷たく青白く光を反射する。それを見た冒険者は、その一瞬の間に様々な逡巡《しゅんじゅん》を抱えただろう。……だが。

「まあ、俺は慈悲深いからな……」

ランヴァルドはそう言いつつ、まるきり慈悲深さなど感じられないような笑みを浮かべた。

「魔物が湧き出るところに、脚の腱を斬った状態で放置するような、残酷な真似はしないでやる」

一瞬、冒険者は期待に満ちた目を向けた。……だが。

「すぐ死なせてやるからな」

彼が最期に見たのは、ランヴァルドが容赦なく振り下ろした剣の輝きだったのである。


「はあ、ったく。頭が悪い奴ってのは本当に救いようがねえな」

ランヴァルドは嘆息しつつ、剣に付着した血を冒険者の衣類で適当に拭った。

人を殺したことが無い訳ではないが、多少は動揺もする。震える息を意識して長く吐き出して、ランヴァルドは剣を鞘《さや》に納めた。

「ネール。怪我は？」

そうしながらネールへ声を掛ければ、ネールはランヴァルドを見つめて、こくん、と頷いた。まあ怪我などしないだろうな、とランヴァルドは当たり前に思った。

……さて。

「さっきあっちに二人逃げ込んだんだったか。魔法仕掛けの品を壊すようなことになってなきゃいいが……」

残り二人も片付けておいた方がいいだろう。そうせずにいて、また逆恨みから追いかけられるようなことは御免だ。……第一、ここは他人の目の無い場所だ。そして、ランヴァルドは決して、善人ではない。よって、殺人を躊躇《ためら》うつもりは、無い。

……よって、あと二人。

あと二人、まだ始末しなければならない奴が残っている。

「奥に逃げ込んだよな」

ランヴァルドが呟けば、ネールがこくりと頷いた。ネールもまだまだやる気であるらしい。もしかすると、ランヴァルド以上に。

「よし。じゃ、残りもやっておくか」

ランヴァルドはネールの様子に嬉しいような心配なような、複雑な感情を抱きつつ、遺跡の最深部へと向かっていくのだった。

＊

古代遺跡の最深部には一体何があるのかと思えば、そこはだだっ広い空間であった。

天井は高く、聳《そび》える柱は太く、王宮のダンスホールもかくやといった広さである。ランヴァルドはそれに少々驚いた。だが、この部屋で最も見るべきものは、部屋の最奥の壁面にあった。

「古代魔法の、装置……？」

奥の壁一面に広がるそれは、恐らく古代魔法の装置だろう。ランヴァルドも、知識でしかそれを知らなかったが、恐らくは。

壁中、そして壁から少し離れた位置まで侵食するように、金属管が張り巡らされている。金属管の一本一本の太さはまちまちで、細いものはランヴァルドの太腿《ふともも》程度だが、中には、人間が二人か三人入れるほどの太さのものもあった。

同時に、その壁の前では小さな机ほどの装置が一つ、光り輝いている。恐らく、アレが壁の装置全体の操作に関するものなのだろうが……。

「おい馬鹿野郎！　それに触るな！」

丁度、その装置の前で、逃げ出した冒険者二人が何かやっていた。魔法の意味など分かっていないだろうに、『化け物』から逃れるために藁《わら》をも摑むような気持ちで装置を動かそうとしていたらしい。

ランヴァルドが叫べば、冒険者二人はびくりと身を竦《すく》ませ、後退《あとずさ》ろうとする。だが背後にあるのは当然、古代魔法の装置と壁である。後退る隙間など、あるはずもない。

そしてネールはまるで容赦がない。ナイフを抜いて、じりじりと冒険者二人へと距離を詰めていく。それにいよいよ追い詰められた冒険者達は……。

「くそぉ……！　こうなったらぁあああ！」

遂《つい》に、武器を抜いて立ち向かってきたのだった！

最初に突っ込んできた一人の攻撃は、ネールに届かなかった。ひらり、と一歩分身を引いて相手の剣を躱したネールは、相手が次の攻撃に移る前にすぐさま距離を詰め、一人目を殺した。

……足場になるものがあまり無い、広い空間ではネールの戦い方は地味なものになる。壁や天井を蹴って跳び回ることなく、ただ、最小限の動きで敵と対峙《たいじ》するのみなのだ。武芸の達人めいた動きであるが、これが野生児もどきの独学によるものなのだから、天才というものは本当に存在するのだろう。

続いて、ネールへと二人目が挑む。こちらは一人目より賢く立ち回った。じりじりと距離を詰めたり、慎重にネールと距離を取ったり、と繰り返して、ネールを壁際へと追い込んでいく。

……だが、奴はもっと考えるべきだったのだ。ネールに壁を……『足場』を与えたらどうなるか、ということを。

「これで逃げられねえぞ！」

冒険者は半狂乱になって、ネールへと剣を振り下ろす。だが、ネールは壁に向けて跳躍すると、続いて壁に巡らされた金属管を蹴って更に跳び、ひらり、と冒険者の背後へ着地していた。

冒険者の剣はネールを捉えることなく壁および古代魔法の仕掛けや金属管にぶつかることになった。冒険者は余程その一撃に自信があったのか、ネールを見失って辺りを見回すその表情には絶望が満ち満ちていた。

愚かな、とランヴァルドは思う。愚かであることを、少々哀れにも思った。だが、愚かであることが罪を赦《ゆる》される理由になるわけではない。

……そして結局ネールが、冒険者の首筋目掛けてナイフを繰り出せば、二人目も死んだ。

これで厄介者は片付いた。愚かな冒険者達の末路を見届けたランヴァルドは、少しばかり苦い思いを『まあ、仕方なかった』と割り切ることにした。襲ってきた相手を殺すこと程度、割り切らねば悪徳商人などやっていられない。

だから、殺したことはどうでもよかった。どうでもいいのだと思うことにした。……だが。

「……ん？」

ランヴァルドは、先程まで冒険者二人が触っていた古代魔法装置の制御盤を見て、首を傾《かし》げた。

制御盤の上には、水晶を磨いて作った板のようなものが嵌《は》めこまれている。そして、その板の中には、光の線で古代語の文字列があったのだ。

……『起動』と。

まずい、と思った時にはもう、遅かった。

魔法が動く。ランヴァルドは咄嗟《とっさ》に身を伏せたが、ネールは今、何かが起ころうとしていることを咄嗟に理解できなかったらしい。

ネールはランヴァルドがそうしていたように、自分が殺した冒険者の服の裾でナイフの血を拭っていた。つまり、冒険者を殺したその場……壁際の、装置を繋ぐ太い金属管に囲まれた空間に居たのだ。


魔法が動く。

そして、金属管の傷ついた箇所を吹き飛ばすようにして、そこから液体が吹き出した。吹き出した液体は……瞬時に凍り付いていく。

そう。凍り付いたのだ。それもそのはず……動いた魔法は、部屋の温度を一気に下げていたのだ。

「ネール！」

そうしてランヴァルドの声が届く前に、金属管と金属管の間を埋めるようにして氷の分厚い壁ができていた。

中に、ネールを閉じ込めて。

「おい！　ネール！　ネール！　大丈夫か！」

すぐさま、ランヴァルドはネールの元へと駆け寄った。だが、分厚い氷の壁に阻まれて、ネールがどうしているのか分からない。

……一瞬だ。一瞬で、こんなにも分厚く氷の壁ができてしまった。これが古代魔法か、とぞっとする。

「ネール！　しっかりしろ！　ネール！」

返事は無い。氷の壁を叩けども、分厚く張った氷はびくともしない。剣で突いても、欠片が飛び散るばかりで中々砕けてくれない。それどころか、部屋中に吹き荒れるようになった冷気がますます氷の壁を分厚くしていくようにも思えた。

「くそ……なんだ、これは……」

ランヴァルドは部屋の中を見回して、恐怖を感じていた。

床の上には霜が降り、うっすらと白くなっている。うっかり金属管に触れでもしたら手の皮膚が凍って貼りついて、そのまま千切れるだろうと思われた。

ごうごうと渦巻く魔法は吹雪めいて、視界を白く染めている。

……まるで、北部の冬のようだった。

「ネール！　大丈夫か!?　おい！　ネール！　返事をしろ！」

再度声を掛けてみても、返事は無い。

……ネールはもう、氷壁の向こうで息絶えているかもしれない。返事も無い。氷の壁の向こうの様子など分からない。あれだけの魔法に巻き込まれて、まだ生きている保証など無いのだ。

そしてここに留《とど》まり続けることは、ランヴァルドの命もまた危険に晒《さら》すことに他ならない。

今、この部屋は真冬の北部もかくやという寒さであった。全てが凍り付く気温の中に居れば、人間だっていずれ凍り付く。そうして死んだ人間を、ランヴァルドは何人も見てきた。

ランヴァルドが身に纏っている服は当然この気温には適していなかった。対策も何も無しにこんな気温の中に居ては、本当に死ぬ。今も既に手足はかじかんで碌に動かない。脱出の見込みがまだある内に、すぐさまここを出るべきだ。

そうだ。撤退した方がいい。自分の命が惜しいなら、すぐにでも。全てを放り出して。

そして洞窟を出て、外の枯れ木でも集めて、焚火を熾して暖まるべきなのだ。そして町に戻って、温かい蜂蜜酒かワインかで体を温めて、ゆっくり眠って休むべきだ。間違いない。

……だが。

ランヴァルドは、ちら、と氷の壁へと目をやった。

もし、あの奥で、まだ、ネールが生きているのなら。

北部の冬の夜、吹雪の中、一人孤独に寒さを耐え忍ぶ心地を、ランヴァルドは知っているから。

一瞬、迷った。このまま剣で氷を砕くべく挑戦し続けるかどうか。

だが、ランヴァルドはすぐさま『望みが薄すぎる』とその案を切って捨てた。そして代わりに、古代魔法の制御装置を検分し始める。

……おかしなものである。悪徳商人らしく損得を考えるならば、すぐにでも、ランヴァルドはこの遺跡を脱出すべきであるのに。ネールが生きている保証はなく、生きていたとしても今後使い物になるか分からないというのに。……なのにランヴァルドは諦めの悪いことに、ここに残っている。

古代魔法の装置など初めて見たばかりで、そもそもランヴァルド自身には魔法の才覚はほとんど無い。だが、必死に目を見開き、魔法を読み解いていけば……多少、読める。

「ああ……案外、いけるかもしれないな」

自らを鼓舞するように笑みを浮かべて、ランヴァルドは制御装置を見つめる。

……検分し始めた制御装置には、古代文字で何事か刻まれていた。そしてランヴァルドはそれを、『このまま頑張れば読み解けるのではないか』という程度には、理解できたのである。

「ああ……『昔握った剣の柄《つか》』とはよく言ったもんだな。案外、覚えてる」

古代語の魔法術式など、ずっと触れていなかった。かつて学び、必死に身につけた教養などほとんど消え失《う》せたと思っていた。そして二度と使うことはないだろう、とも。

だが……こういう時に役立つのだから、妙なものである。

ランヴァルドがかつて学んでいたことは、無駄ではなかったのかもしれない。

ランヴァルドは命を削るような寒さに身を震わせつつ、必死に古代文字を読み解き、制御装置を調べ続ける。

とうに指先の感覚は消え失せている。髪の先は白く凍っていき、睫毛《まつげ》も、目の表面を覆う涙すらも凍り付いていく。だがそれでいて体の奥は妙に熱いように感じられた。人間は限界を超える寒さに晒された時、むしろ暑いように感じるらしい。かつて父が生きていた頃、そう教えてくれたのをランヴァルドは覚えている。

……要は、限界が近いのだ。ランヴァルド自身の体が、これ以上は耐えきれないと訴えている。寒さに霞《かす》む目も、制御盤を動かす指も、何もかもが碌に働いていない。滴る汗がすぐさま凍り付き、自らを氷漬けにしていくようですらあった。

だがランヴァルドは古代魔法の解読を止《や》めなかった。古代文字を読み、魔力の流れから推察して、自らの持ち得る全てを……命すらも使い捨てる勢いで。

そしていよいよ、読み解けるものは全て読み解いた。その頃にはランヴァルドの靴底は床に凍り付いてしまっていて、もう逃げ出すことすらできなくなっていた。

「ここに……魔力……」

制御盤の一部に、手を置くための場所がある。……酷く冷えたそこに手を置けばどうなるかなど、よく分かっていた。だがランヴァルドが躊躇ったのは一瞬だ。すぐさまそこへ手を置いた。

制御盤に手を置いてすぐ、皮膚が凍り付いて貼りつくような感覚があった。だが『この後』のことなど考えず、ランヴァルドはただ必死に、自らの魔力を流し込む。

ランヴァルドの魔力が制御盤へと流れていく。それはまるで、溶かした金属を鋳型に流し込んでいくかのようだった。魔力が制御盤によって形作られ、魔法へと変わっていく。

ランヴァルドは自らの内から何かが抜け出していく感覚に耐えながらひたすら魔力を注ぎ続けた。そうしていれば、ぽう、と制御盤の上に光が灯る。その光は古代文字で『停止』を意味する形になり、装置は徐々に止まって……。

「あ」

そして、光が消えた。

……ランヴァルドの魔力が、足りなかったのである。

分かり切っていたことではあった。当たり前に魔法を使っていたらしい古代人とは違い、ランヴァルドは魔力も少なく武芸に秀でたところもない、多少口と頭が回るだけの極々平凡な男でしかない。

古代装置を一人で動かすには、能力も魔力も、全てが不足していた。ついでに時間と気力と体力がもう少しあればまだよかったが、それらも尽き果てて久しい。

……能力が足りなかった。準備も足りなかった。そして、逃げるべきところで判断を誤った。

『中途半端な俺らしい最期じゃないか』と、ランヴァルドは自らを嘲笑《あざわら》う。

ふっ、と光が消え失せてすぐ、部屋に吹雪が渦巻いた。容赦なくランヴァルドの気力と体力を削り取っていく。

限りなく弱まった生命を吹き消さんと吹き荒《すさ》ぶ冷気に、いよいよこれはダメか、とランヴァルドは天を仰いだ。

より一層激しく渦巻く冷気は、その渦の中に氷の粒を無数に生み出していた。それらの氷は刃めいて鋭く、ランヴァルドを切り裂いて尚も渦巻く。

精根尽き果てたランヴァルドは、最早《もはや》寒さの感覚も無く、現実味も無く、どこかぼんやりとそれを見上げていた。

かつて、故郷から逃げ出してきたあの日の夜も、こんな具合だったのを覚えている。

自らを死に至らしめる氷の刃が水晶のようにきらめいて、美しかった。

……そしてそれを見て、ランヴァルドは急激に思い出す。我に返る。この期に及んでまだ生きることにしがみつこうと、見苦しくも足掻《あが》き始める。

「これ……だ！」

凍りかけている目を見開いて、ランヴァルドは背嚢《はいのう》の奥を探った。制御盤の上に凍り付いてしまった右手は使えない。左手も寒さで碌に動かない。だが、幸いにして、『それ』をなんとか摑み取る。

そして。

「これで足りるだろ！」

ネールがくれた水晶を、自らの右手越し、制御盤に叩きつける。

どうか、と祈る。神を信じているわけではない。ただ……かつての自分がずっと歩んできた、この道程を信じて。

ごうん、と、古代装置が大きな音を立てた。

＋

「ネール！」

ネールを呼ぶ声がする。力強い声が、途切れかけていたネールの意識を繋ぎ留めた。

暖を取るために包《くる》まっていた外套と、被《かぶ》っていた冒険者の死体の隙間でうっすらと目を開けば、分厚い氷の壁越しにランヴァルドが呼びかけているのが見えた。

ガキン、バキン、とけたたましい音を立てながら、氷の壁が割れ砕けていく。ランヴァルドが剣を振り下ろす度、さっきまで硬く硬く凍り付いていたはずの氷の壁は砕けていった。

そうして氷の壁に穴が開くと同時、ふわ、と少し温《ぬく》い空気が流れ込んでくる。……さっきまで吹き荒んでいた吹雪はいつの間にか止んでいた。だから、すこしだけ、ぬくい。これを温く感じられるくらいには、ネールの体は冷え切っていた。

「ネール！　しっかりしろ！」

……だが、氷の壁を破って入ってきたランヴァルドは、ネールよりもっと、ずっと、酷い状態だった。

寒さにがたがたと震えていたし、その髪や睫毛までもが凍り付いていた。更に、氷で切ってしまったのか、あちこちに酷い切り傷がある。特に酷いのは右手で、掌と手の甲からぼたぼたと血が流れていた。あれではまともに動かないだろうに、その手で剣を振って、ネールを氷の中から救い出してくれたのだ。

自分は大丈夫だ、と伝えたくて、ネールは必死に笑顔を作った。顔が上手く動いたかは分からない。何せ、今まで寒すぎたから、体が全部凍り付いたように強張《こわば》ってしまっているのだ。

だがランヴァルドはすぐさまネールに近づくと、ネールをその腕の中に抱きかかえた。

……温かい、と思えなかった。それはそうだ。ランヴァルドの体もまた、冷え切っていた。むしろ、ネールより余程酷かった。だというのに、ランヴァルドはまだ、動く。

「ここを出……くそ、邪魔だ！」

ネールを抱きかかえたランヴァルドは小さく舌打ちすると、ネールの背嚢を外して、その場に置いた。ランヴァルド自身の背嚢も、放り捨てた。

荷物を捨てていってしまうのか、と、ネールは驚く。あそこには金貨だって入っているはずなのに。

脱出するのに邪魔だというのなら、ネールを置いていけばいいのだ。なのにランヴァルドはネールを抱きかかえて、一心不乱に元来た道を戻り始めた。

……そもそも、ランヴァルドは、ここまで残っている必要はなかったのだ。吹雪が渦巻き始めたところで、ネールを置いていけばよかったのだ。それくらい、幼いネールにも理解できていた。

彼一人なら、いくらでも脱出できただろう。ネールを置いていけば、こんな風にならなかった。凍えて、傷だらけになって、こんな風になってしまうことなんて、なかったはずなのに。

「ああ、くそ……本当に、本当にどうかしてる……」

ネールは小さな体をしているが、それだって、子供一人を抱きかかえて遺跡と洞窟を進んでいくのは厳しいはずだ。ましてや、ランヴァルドは傷ついて、血を流して、凍えて、何もかも使い果たしてしまっているのに！

それでも、ランヴァルドはネールを離さなかった。声が出るなら『おいていっていいよ』と言いたかったのに、ネールの喉は相変わらず、ひゅう、と掠《かす》れた音を漏らすばかりだった。

……そうして抱えられて、運ばれていく内に、ネールの体力が先に尽きてしまう。小さな体は寒さに耐えて、命を吹き消されないように足掻くだけで精一杯だったのだ。

それに何より……緊張の糸が、ふつり、と切れてしまっていた。もうだいじょうぶだ、と、ネールはそう、安心してしまったのである。

……ランヴァルドに触れているところが、じわ、と温もる。互いの体温は、徐々に戻りつつあるようだった。その夢のような温もりに抱かれて、ネールは遂に、意識を失った。

+

ランヴァルドは真っ先に、火を熾した。

幸いにして、洞窟の入口付近には、かつて兵士達がここで野営した時に使ったと思しき焚火の跡があったのである。そこの燃えさしや、集めたものの使われずそのままになっていたのであろう薪を使って火を熾して、火の傍《そば》でネールを抱きかかえ直す。

「ネール……生きてるか」

呼びかけても、ネールは微《かす》かに睫毛を震わせ、もそ、とランヴァルドの胸にすり寄ってくるだけである。その動作にもまた、力が無い。

ランヴァルド自身の魔力は最早、底を尽きている。だがそれでも治癒の魔法を使ってみれば、なんと、多少は魔力が残っていたらしい。或いは、あの水晶に蓄えられていた魔力が予想以上に多かったのか。……そうして驚くべきことに、ランヴァルドはネールの凍傷を治療しきることができた。

「よし、傷は無いな」

一通り、ネールの傷が癒えていることを確認して、ようやくランヴァルドは安堵《あんど》の息を吐き出した。

ネールは脱出してくるまでに力尽きたらしく、今はすうすうと寝息を立てている。寝息を立てつつ穏やかな顔でむにゃむにゃやっているネールを見ていると、いっそ安堵を通り越して呆《あき》れさえする。……あれだけ人を殺しながらもけろりとしている少女が、まるで人形のように冷えて固くなって、凍死しかけて……それが助かったとなると、こうもふにゃふにゃしているとは！

「ったく、商売道具の手入れも骨だな」

まあとにかく、ネールが無事ならそれでいい。ランヴァルドが命を懸けた甲斐《かい》があったということだ。ランヴァルドに傷が残ろうが腕が一本駄目になろうが、ネールさえ五体満足で、かつランヴァルドに懐いていればいい。そうすればまた、稼げるのだ。ランヴァルドは改めてそう考え直して、納得する。

……そうだ。ランヴァルドは、ネールを使ってこれからも稼ぐために、あんな分の悪い賭けをした。そういうことだ。そうに違いない。そうでなかったとしたら……一体、何だというのだろう。自身の内に、損得を覆すような良心でも存在しているというのだろうか。この荒み切った自分の中に。

馬鹿らしい。いや、実際、馬鹿なことをしたものだ。ランヴァルドは自嘲めいて笑みを浮かべると、そのまままた、治癒の魔法を使い始める。

正直なところ、このまま眠ってしまいたかった。が、そういうわけにはいかない。怪我をしたのはネールだけではない。むしろ、ランヴァルドの方が余程重傷である。

……そう。ネールの凍傷も酷かったが、ランヴァルドはそれ以上に酷いものだった。

手足の凍傷は勿論のこと、目も見え方が悪くなっていた。内臓も幾らかおかしくなっている気がする。氷の刃を孕《はら》んで吹き荒ぶ冷気は、ランヴァルドのあちこちに切り傷を作ってくれた。

……また、右手が特に酷い。自分の手とは思えないような有様で、直視するのも躊躇われるほどだった。掌の皮膚は制御盤で凍り付いて持っていかれた部分があったし、何より、水晶を叩きつけたせいで手の甲も駄目になっていた。だが、あれのおかげでなんとか魔力が足りたのだから文句は言えない。

一度見て自覚してしまえば、右手は酷く痛んだ。ついでに、よくよく確かめてみるとそもそも右手が動かない。碌でもない状態である。よくもまあ、この状態でネールを抱えて出てきたものだ。自分でもびっくりするしかない。

こんな状態なので、治せるなら、早く治した方がいい。その方が……まだ、後遺症が少なくて済む。利き手が今後動かないとなると、流石に生きていくのが厳しい。そして余裕があれば、傷も治したい。人とやり取りする商売なので、特に、顔面は。……多少の傷は名誉の負傷と割り切れるが、それにしても、わざわざ強面《こわもて》になって人に警戒心を与えたくはない。

ということで、まずは手から治し始めた。……すると、思いの外するすると治る。

自分にはこんなに魔力があっただろうか、と首を傾げつつ、何かの間違いならうっかりその間違いが訂正されない内に治し切っちまえ、と、ランヴァルドはそのまま、足も治し始めた。

恐らく靴の中で酷い状態になっていたのであろう足も、無事、治った。感覚が戻ってきて、自由に動くようになる。

……そうして一通り、後遺症が残らない程度にあちこちを治し、切り傷の類もいくらか治したところで……ようやく魔力が尽きた感覚があった。

おかしい。何かがおかしい。ランヴァルドは然程魔力を持っていないはずだ。そもそもこんなに魔法を使えるなら、ランヴァルドは今、こうなっていない。

「……まだ背嚢に水晶、入ってたか？　いや、背嚢は捨ててきたんだったか……」

ランヴァルドは訝しみながらもポケットなどを探るが、魔石が入っているようなことも、当然、無い。……だが。

「ああ……これか」

ランヴァルドの腕の中、すやすや穏やかにやっているネールを見てみれば……ポケットに水晶が詰め込まれているではないか！

……秋になると、子供達は森でどんぐりを拾うものだ。生家の近くの村でも、子供達のポケットがよくこうなっていたのを思い出す。どんぐりと魔力の籠った水晶を同じく扱うのもおかしな話ではあるが、実際のところ、ネールにはどんぐりも水晶も、大して違わないのだろう。

だがどうやらランヴァルドは、ネールを抱きかかえていたおかげで……ついでにネールのポケットに『どんぐり』が入っていたおかげで、魔法を使えたようである。ネールの『どんぐり』には感謝しなくてはならない。

「全く。これの魔力まで使い切っちまったとなると、いよいよ何のために潜ったんだか……」

荷物を捨て、魔石すら全て駄目にしてしまったのだから、洞窟にわざわざ入って金を捨ててきたも同然だ。だが何にせよ、最早ランヴァルドには考える余力など無い。今はもう、只々《ただただ》、眠りたい。

今ここを誰かに襲われたら死ぬことになろうが、最早それを考える余力すら無い。

……そうしてランヴァルドは、ネールを腹に乗せたまま、ごろり、とその場に横たわって眠ることにしたのであった。

隣でぱちぱちと燃える焚火の温もりに加えて……腹の上のネールの温もりが、心地よかった。

ふさ、と何かが頬に触れて、ランヴァルドは目を覚ました。

見てみれば、ネールがランヴァルドをじっと覗《のぞ》き込んでいた。如何にも心配そうな顔をしている。

……ランヴァルドの頬に触れたのは、ネールの髪であったらしい。

「ああ……起きたのか」

海色の瞳に見つめられて、ランヴァルドはひとまず安堵した。ネールが生きていて、動いている。自分がしたことは、無駄ではなかった。

そして、ランヴァルド自身も、まあ、生きている。体を少し動かしてみると、多少、治し切れなかった傷が痛んだ。更に、身の丈に合わない魔法を使った反動で頭痛や吐き気がある。そして何より、疲労が色濃い。

「戻るか……」

立ち上がってみると、体はふらついた。体の節々が痛い。声も掠れている。そんな状態だったのでネールは心配そうにおろおろしていたが、こんな体調なら余計に屋外に居られない。

「まずは、宿に……いや、その前に、領主様への報告が先か……」

気力を振り絞れば、なんとかハイゼオーサまで戻ることはできそうだった。そしてネールはあんな目に遭ったというのに、今は平気な顔で動いて、心配そうにランヴァルドの周りをくるくる回っている。どうやらしっかり回復しているようだ。ネールは戦闘能力も化け物じみていれば、回復力まで化け物じみているらしい。

これならなんとかなるか、と、ランヴァルドは歩き出す。今すぐにでも倒れてしまいたい気分だったが……ひとまず、道中の護衛が居る内に、と、ランヴァルドは歩き出す。

ネールもまた、そんなランヴァルドに寄り添うようにして歩き出した。

その海色の瞳には、不安と心配と……色濃い疑問が、渦巻いていた。


……町に着いてからのことはほとんど覚えていない。

ただ、ランヴァルドは最後の最後で『領主への報告を優先させなければ』と判断したらしい。

領主の館へ辿り着いたランヴァルドは、そこで兵士に『洞窟の魔物を倒した』と報告して……そしてそのまま倒れたのだろう。

というのも、ランヴァルドが目を覚ますと、そこは『林檎《りんご》の庭』のベッドではなく、小綺麗な見知らぬベッドの上だったからだ。

「ここ……は……、う」

そして目を覚ましてすぐ、ランヴァルドはこみあげてきた吐き気をなんとか耐える羽目になった。

吐き気の波が収まったところで改めて体調を確認してみれば、まあ、酷いものである。頭痛も吐き気もあり、体中が痛む。未だ治り切っていない傷のせいもあるのだろうし、それ以上に……。

「……風邪かよ」

どう考えても、これは風邪を引いている。ランヴァルドはそれを自覚すると、ああくそ、と呻《うめ》いてベッドに埋もれた。

まあ、仕方ない。古代遺跡のあの寒さの中、限界を超えて動いていた。極度の集中で精神を削った。身の丈に合わない魔法も使った。体調を崩さないわけがない。

……となると心配なのは、ネールだ。

北部人の、寒さに強く頑丈な体を持つはずのランヴァルドでもこうなのだ。南部の出なのであろうネールは、無事なのだろうか。

ランヴァルドはベッドの上から辺りを見回してみるが、ネールの姿は見当たらない。焦燥がじわりじわりとランヴァルドを蝕《むしば》む中、ランヴァルドはネールを探して室内を見回して……。

きい、と、ドアが開く。

はっとしてそちらに目をやれば、そこにはネールの姿があった！


「ネール」

掠れた喉から声を出して呼べば、ネールはすぐさま駆け寄ってきた。

駆け寄ってきたネールは、そっとランヴァルドの頬に触れ、額に触れ、それから落ち着かない様子で布団の中、ランヴァルドの手を握る。……子供の柔く小さな手が、ふに、と自分の荒れた手を握る。その柔い感触が、なんとなく心地よかった。

「体調は、どうだ」

概ね答えの分かっている問いを発せば、ネールは何度も、うんうん、と頷く。まあ、体調は悪くないのだろう。

「俺はどのくらい、寝てた？」

更に問えば、ネールは少し考えて、手の指を二本、立てた。

……ランヴァルドはそれを見て、『二刻……？』と考えたが、窓の外から見える空は、明るい。ランヴァルドが最後に記憶しているところから二刻ほど経過すれば、夜のはずだが……。

「……二日か」

結局、そういう恐ろしい結論を出して確認してみれば、ネールはなんとも神妙な顔でゆっくり頷いた。


二日も眠っていたとは考えたくなかったが、まあ、それくらいのことはあってもおかしくないか、とも思う。

古代魔法を読み解き、限界を超えて、魔石で無理矢理に魔力を補塡しながら魔法を使った代償が、二日。あと体調不良。そういうことなら、まあ、つり合いは取れるだろうと納得できた。

……それだけのことが、あの古代遺跡の中で起きていたのだ。

ランヴァルドがあの古代装置を止めなければ、きっと、この二日で洞窟からも冷気が溢《あふ》れ出していただろう。

そう。あれは、そういう装置だった。

遺跡の中のみならず、外にまで……ハイゼル領全域どころか、下手をすれば世界中へと影響を及ぼしかねない。そういうものだった。

それが分かっているランヴァルドは、無理矢理に体を起こす。

ランヴァルドが起き上がろうとした途端、ネールが大慌てでランヴァルドをベッドへ戻そうとしてきたが、それをやんわり撥《は》ねのけて、ランヴァルドはなんとか、ベッドから出た。

「……領主様にお目通りしなくては。それで、報告を……。お前からじゃ、報告できないだろ。報告しなきゃ、金にならない。働き損は御免だ……」

関節という関節が痛みを訴え、眩暈《めまい》と吐き気がランヴァルドをベッドへ戻そうとやってくる。だが、ランヴァルドはそれらを全て無視して立ち上がり、簡単に身なりを整えた。……とはいえ、道具は全て捨ててきたので、結局、いつぞやのように手櫛《てぐし》で髪を整え、服の皺《しわ》をなんとなく伸ばし、そして一応それらしく帯剣する、という程度でしかないが。

……一方のネールは、よく見ているといい服を着ている。ここが領主の館であろうことを考えれば、まあ、融通してもらったのだろうな、と容易に想像できる。そしてこの、如何にも健気な様子の美少女であるならば、周りの人間達は色々と融通したくなるだろうな、とも。……つくづく、可愛《かわい》らしいということは得なのだ！

そうしてランヴァルドは部屋を出て、通りかかったメイドに言づけを頼み、領主との謁見を求めた。

病み上がり、否、病の渦中にある状態で謁見などするべきではないのだろうが、何せ、報告しなければならないことは山のようにある。そして領主としてもそれらを聞きたいところであろう。

結局、ランヴァルドの要求はすんなりと通り、すぐさま謁見の機会を得ることができた。……やはり、領主バルトサールとしてもランヴァルドの話を聞きたかったのだろう。

とはいえ、謁見はそう格式張ったものではなく、身内の報告会のような形で行われることになった。会議に使うのであろう小さな部屋の中、同じ円卓の向かいに着席し合って、ランヴァルドと領主バルトサールは向かい合う。……尚、領主バルトサールの隣には執政が一人と近衛《このえ》が一人控えていたし、ランヴァルドの横には、呼んだ覚えのないネールがちょこんと座っていた。

まあ、賑《にぎ》やかしにはなるか、と、ランヴァルドは風邪で頭の回らないままに諦めて、ネールの存在を受け入れた。領主も何も言わないのだから、このままネールが同席していてもまあ、問題ないだろう。多分。

「……体はもういいのか」

「あまり、良くはありません。しかし、あの遺跡の装置のことを領主様にお伝えすることが先決と考えました」

そうして開口一番、領主バルトサールの気遣う言葉を笑って受け流せば、隣でネールが何とも心配そうな顔でランヴァルドをつつき始める。ランヴァルドはそれをそっと押し留めた。大人しくしていてくれ、と囁けば、ネールは如何にも不本意そうな顔で頷いて戻っていった。

「して……あの洞窟の中で、何があった？」

領主バルトサールは、如何にも緊張した様子で、慎重にそう尋ねてくる。ランヴァルドは少し躊躇ったが……結局は、正直に話すことにした。

「……あの洞窟の奥に、古代遺跡がありました。そしてあの古代遺跡はこの世界を滅ぼす原因ともなり得たでしょう。あれはそういうものでした」

それからランヴァルドは、洞窟および遺跡の中で起きたことを話して聞かせた。

……水晶の様子。襲ってきたゴーレム。兵士の死体。それから『雇った護衛が古代遺跡を見るや否や裏切ってきたので、なんとか返り討ちにした』というように、例の冒険者連中については、まあ、さらりと流した。その直後に本題が来るので、領主らも上手く誤魔化されてくれた。

古代魔法の装置がどんなものだったかを説明し、それを止めるにあたってどのような操作をしたかも説明して……そして、ランヴァルドは最後に、所感を述べる。

「最奥にあった装置……あれがあのまま動き続けていたならば、間違いなく洞窟の外にまで冷気が漏れ出し、ハイゼル領全域へと影響を及ぼしていたことでしょう」

ランヴァルドがそう言えば、いよいよ深刻な表情で領主バルトサールは頷いた。

この様子ならもう分かっていそうだな、と思いつつも……ランヴァルドは、言葉を付け加えた。

「……奇《く》しくも、今年は各地で冷夏でした。何も、関係が無ければよいのですが」

それからしばらく、領主バルトサールは迷うような目を卓の上に落とし、じっと考え込んでいた。時折、隣で執政が何か囁いたりもしていたが、ランヴァルドの耳にはそれらが聞こえない。ネールには聞こえているのかもしれないが、意味は分かっていない様子だ。

そしてランヴァルドはただ待つことしかできない。なんとなく嫌な予感を覚えつつ、そしてそれを諦めつつ……ランヴァルドはただ、待つ。

「……ランヴァルド・マグナスよ」

「はい」

風邪で痛む頭に気づかないふりをして、ランヴァルドは領主バルトサールを真っ直ぐに見つめる。

……領主バルトサールは、随分とやりづらそうな顔をしていた。後ろめたさと逡巡に満ちた表情を見て、ランヴァルドは自分の嫌な予感が当たったことを悟る。

「此度《こたび》の働き、実に見事であった。数々のゴーレムを倒し、古代遺跡の魔法を止め、この地全体を救ってくれたこと、感謝する」

「勿体《もったい》ないお言葉です」

こっちは言葉じゃねえものが欲しいんだがな、と、ランヴァルドは苦笑し……そして。

「……だが、このようなこと、民に知らせるわけにはいかぬ。冷夏の原因が古代遺跡にあったやも、ともなれば、いよいよ民は混乱するだろう。冷夏および北部の困窮にも影響しているかもしれぬとなれば、他領からの視線も厳しいものとなろう。となればいよいよ、ハイゼルが危うい」

領主バルトサールはこの地を守る領主として、こう、決断せざるを得ないのだ。

「よって……古代遺跡の管理については、内内で処理する。兵が古代遺跡のゴーレムによって数を減らしたことも伏せる。今回の古代遺跡の件は、内密にしたい。……貴殿の、此度の働きを含めて」

「約束していた白刃勲章、だが……あれは、別の形で補わせてほしい」

……まあ、要は、ランヴァルドは狙っていたものを手に入れ損なった。そういうことになる。

がたり、と音がする。

ネールが椅子から立ち上がった音だ。

ネールは話の内容なんて碌に分かっていないだろうに、ランヴァルドが不当に扱われていることだけは感じ取ったらしい。

諦めの表情で視線を卓に落とすランヴァルドの肩をそっと揺らし、ランヴァルドがその手をやんわり払いのければ今度は気まずげな領主バルトサールを睨んで、ネールは必死に理不尽を訴える。

「ネール」

だが、そんなネールを、ランヴァルドはそっと止めた。ネールはその海色の瞳を揺らしてランヴァルドを見つめてくる。納得がいかない、というように。

……だが。

「いいから座っていなさい」

ランヴァルドの藍色の目には、納得と諦めがしっかり滲《にじ》んでいる。ついでに、極度の疲労も、また。

……そんなランヴァルドを見て、ネールは唇を噛《か》むと、大人しく椅子へと戻っていった。

ランヴァルドには、領主バルトサールの考えが痛いほどよく分かる。

確かに、古代遺跡の装置を止めたランヴァルドの功績は多大なものだった。ハイゼルを救った者として、領主としては表彰したいところだろう。そしてランヴァルドとしても当然、表彰および叙勲してもらいたいところだったが……領主の立場からしてみれば、それはできない話だ。

……ハイゼル領の領主としては、あの古代遺跡の存在は封印してしまった方がいいのだ。ランヴァルドの、功績ごと。

何せ、あまりにも厄介だ。『冷気を吹き出す古代装置が遺跡の奥にあった』などと知れたら、遺跡を悪用しようとする者が出てきかねない。或いは、今年の冷夏や北部の動乱までもが、ハイゼル領の古代遺跡の管理不行き届きのせいにされてしまうかもしれない。

ハイゼルは南部と北部の間に位置する領地だ。政治的にはあらゆる場面で中立を保つ必要がある。この領地の舵取り《かじと》は、さぞかし難しいことだろう。弱味となりそうなものは、消していかねばならない。それが、この地を治める領主としての責務であり、業なのである。

相手が義理と約束を重んじる先代領主であったならまだ、なんとかしてくれたのかもしれないが、この柔軟で優秀な領主様は、ランヴァルドとの約束よりも、この土地と民の安全を優先するつもりらしい。

「……すまない。私はハイゼルの領主として、この地を危険に晒すわけにはいかないのだ」

まあ、丸損である。

あり得ないことに、丸損であった。

命を削ってあの遺跡を攻略した、その功績は丸ごと全て、無駄であった。ランヴァルドは頭を抱えたいような気分である。

だが。

大人しく座って、ただ俯《うつむ》くばかりとなってしまったネールを見てランヴァルドは苦笑する。

……ネールを見ていると、幾分、救われたような気がした。自分の代わりに理不尽を訴え、目に涙を湛《たた》えてくれる者が居るということに。

そして、ネールを見ていると、ランヴァルドはなんとなく思い出すのだ。

かつて自分も持っていた、誇りと責務の存在を。

「そういうことでしたら、療養のため、もうしばらく部屋をお借りしたい」

ランヴァルドはそう言って、穏やかに笑って見せた。しっかりと『他意はない』と表明しておくに限る。

「それから、荷物を一式、あの洞窟の中で捨ててきてしまいました。それを取りに行く許可を。後は、金貨数枚で黙りますよ」

「ああ……ならば、遺跡の調査を行う際、同行してもらいたい。だが、本当にいいのか」

「ええ。領主とは、民の為《ため》、領地の為に、時に自らの心すら裏切らねばならぬものだと、分かっております」

ここで敵対するのは馬鹿馬鹿しい。何故なら、領主は最悪の場合、ランヴァルドとネールをここで『見捨てる』……つまり、口封じのために殺しかねないからである。

領主とはそういうものだ。ああ、そういうものなのだ。良き領主であるならば、千を救うために一を殺すことを躊躇ってはいけない。それをランヴァルドはよく知っている。

……それでも、領主バルトサールには良心があるようだ。約束を反故にする代わりに、こちらを殺しはしないでくれるだろう。むしろ今、ランヴァルドが生きていること自体がその証明であった。倒れたランヴァルドを寝台に運び込むより先に殺しておけば、このようなことにはなっていないのだから。だからランヴァルドは、あくまでも物分かりの良いふりをしておくことにする。

今回、大損した分は貸しとしておけばいい。領主バルトサールは幸いにして、善良だ。ならばこれを弱味として、いずれ、ここに付け込んでこちらに有利な取引を成立させてやればいい。まあ、ランヴァルドの体調がいい時にでも。


ランヴァルドがまるで反論せず、文句も言わなかったことについて……ついでに、ランヴァルドの表情に諦めと疲労ばかりが色濃いことについて、領主バルトサールは何とも戸惑った様子であった。罵倒の一つや二つは飛んでくるものだとでも思ったのかもしれない。そのために今、彼の脇には近衛の兵が控えているのだろうから。

「では失礼します。体調が未だ、思わしくなくて……」

だが何より、ランヴァルドは体調不良である。失意も徒労感も上乗せされた体は、酷く重く煩わしく感じられた。ランヴァルドは今すぐにでも、眠ってしまいたかったのだ。

相手も後ろめたいことがあるのだ。敵意さえ無ければ多少の無礼は咎《とが》められないだろう、とさっさと席を立つ。腰に佩《は》いた剣が重く感じられたが、それを感じさせない所作でランヴァルドは一礼して……。

「待て」

そこで、領主バルトサールはランヴァルドを呼び止めた。

「その剣を……紋を、よく見せてくれ……」

ランヴァルドはちら、と逡巡した。

できれば、見せたくなかった。……だが、ここでわざわざ領主の不信を買いたくはない。今後の取引に関わる。

そして何より……『気にしている』と、思われたくなかった。

「……お察しの通り、ファルクエーク家の紋ですよ」

至って平静に。何でもないという顔をして、ランヴァルドは剣に刻まれた紋を見せた。

……樫《かし》の木に鷹《たか》。ランヴァルドの生家の……北部を治める貴族、ファルクエーク家の紋である。

＊

ランヴァルドはかつて、北部ファルクエークの領主の長子として生まれた。

ファルクエーク領は北部の中でも北に位置する場所である。作物が豊かに実るような土地ではなく、一年の大半を寒さに震えながら過ごすような土地ではあったが、ランヴァルドの父はその土地を善く治めていた。

ランヴァルドは北部の寒さと家庭の温かさに育てられながら、父の後について次期領主として学んだ。いずれ自分がファルクエークを治めるのだ、と、強く使命感に燃えていた。

……だが、そんなある日、父が死んだ。

ランヴァルドはまだ、八歳だった。優秀な子供であったランヴァルドだったが、父に代わって領地を治めるにはまだ、あまりに幼すぎた。

そうして、父の代わりに父の弟……ランヴァルドから見ての叔父が、ファルクエークを治めることになった。『いずれランヴァルドが大きくなって領主になるまでの間、領地を預かる』と叔父は言っていた。

だがどうにも上手くいかないものである。父のように学んでいたわけではない叔父は、領地の経営に不慣れであった。ランヴァルドの母は夫の死を悼む暇も無く、夫の弟を補佐することになった。

……忙しさと、それを共に乗り越えるという状況。そんなこんなで、二人の間には新たな愛が芽生えてしまったのである。

母が再婚すると聞いた時には耳を疑った。『こうした方がファルクエーク領の地盤が安定する。ランヴァルドのためにもこの方がいい』と説明されたが、ランヴァルドは母と叔父がファルクエーク領やランヴァルドのことを考えてそうするわけではないのだろう、ということくらいは分かっていた。

何せ、幼いランヴァルドの目にも分かるほど、母は叔父に惚《ほ》れていた。叔父も、母を気に入っていた。二人は気づかれていないと思ったかもしれないが、ランヴァルドはこっそり覗いた執務室や、窓から眺めた中庭で、仲睦《なかむつ》まじく見つめ合い、寄り添う二人の姿を何度も見ていたのだ。

……幼いランヴァルドは裏切られたような気持ちではあったが、母が幸せそうにしているのを見て、ただ祝福の言葉を述べた。ランヴァルドは幼くも聡《さと》かった。若くしてファルクエークへ嫁いできた母のことを思えば、こういうこともあるだろうと割り切るしかなかった。

それからもランヴァルドは次期領主として勉学に励んだ。義父となった叔父と共に領内を回ったり、各地への挨拶に出たり。

義父はぎこちないながらもランヴァルドを愛そうとしてくれたし、次期領主として学ぶランヴァルドを褒めてくれた。ランヴァルドも、早く新しい父親に慣れようとしていた。

……だが、義父と母との間に弟が生まれたことで、状況は徐々に変わっていった。

十歳年下の弟は、義父と母の愛を一身に受けてすくすくと育った。その一方で、ランヴァルドは弟を可愛がる兄でありながら、次期領主として勉学に励んでいたが……弟が七歳、ランヴァルドが十七歳になる頃には、ランヴァルドが剣にも魔法にも才が無いことははっきりしていた。そして弟は、小さいながらもそれなりに筋がいいと教育係の評であった。

領主であるために、剣も魔法も必要ない。だが、優れるか劣るかという評判は、どうにも十七歳のランヴァルドにとって、煩わしかった。使用人達、義父、母……彼らが囁き合う声から遠ざかろうと、今まで以上に必死に勉学に打ち込んだ。

ランヴァルドが二十歳になったら領主を交代しよう、と義父は話していたが、義父の目は常々、弟に向けられていた。『お前がせめてあと五歳くらい大きければ』と義父が弟に言っているのを、ランヴァルドは何度か聞いた。……義父にとっての初めての実子だ。ランヴァルドより実子を次期領主に、と思うのは、当然といえば当然だっただろう。ただ、それがランヴァルドには少々残酷だった、というだけで。

幼い弟自身は、自分とランヴァルドが置かれた状況をよく分かっていない様子だった。ただ元気に過ごしていた。ランヴァルドは無邪気に居られる弟を少しばかり恨めしく思ったが、それでも、良き兄であろうとしていたし、弟も、ランヴァルドに懐いていた、ように思う。

そして、母は。


ランヴァルドが十九歳になった、ある日の晩。

……ランヴァルドは毒を盛られた。

血を吐き、床に蹲《うずくま》るランヴァルドを、母はただ静かに見ていた。

……結局、ランヴァルドはその毒で死なず、現在に至る。

毒で死ななかった理屈は簡単だ。ただ単に、毒殺されることを予想して、使われそうな毒を予想して、予《あらかじ》め少量ずつ摂取して毒に慣れておくだけ。

毒で意識を失って、部屋のベッドに運ばれて、本来ならただ死を待つばかり、となったところで……毒の回った体に鞭打《むちう》って、荷物を持って、窓から脱出して行方を晦《くら》ませた。吹雪がランヴァルドの足取りを消してくれて、そのままランヴァルドは逃げおおせた。それだけのことだ。

嗚呼《ああ》、それだけのことだ。ランヴァルドは全て、首尾よくやりおおせた。剣も魔法も不得手だが、ランヴァルドはその頃から頭の回る男だった。人の悪意に敏《さと》く、実の親であっても自分を殺そうとしているのではないかと疑うことができた。

全ては、ランヴァルドが抜け目なく、頭が回り、機転が利いたからこそ。愛する家族からの殺意を疑うことができたからこそ。だからこそ、ランヴァルドは自分の生家の陰謀から逃れ、ハイゼオーサの『林檎の庭』まで逃げ延び、そうして生き残ることができたのだ。

……だが。

自分が巻き込まれた世継ぎ争いの状況にも、自分へ向けられた様々な評価にも、実親からの殺意にも気づかず……ただ気づかないが故に幸福に生き、そして何も知らぬまま死んでいた方が良かったのではないか、と。そう思うことが無いでも、ない。

*

「成程……！　どこかで見た顔のように思ったのだ。そうか、貴殿、ファルクエーク家の……ランヴァルド・マグナス・ファルクエーク殿では！」

領主バルトサールはがたり、と席を立つ。その瞳に浮かぶ困惑と疑問を向けられながら、ランヴァルドは只々苦笑する。

「しかし、その名はもう、捨てました」

随分と久しぶりに、自分の本名を呼ばれた。『ランヴァルド・マグナス・ファルクエーク』。それがランヴァルドの本名だ。……だが、自分の名だと、どうにも思えない。

今のランヴァルドはあくまでも、悪徳商人『ランヴァルド・マグナス』なのだ。もう、それに慣れてしまった。

「この剣にしても、今の私の手元にあるには不相応な品です。だが、しかし……亡き父から受け継いだ唯一の品でもありますので。弟には悪いが、持ち出してきてしまった」

ランヴァルドはさっさと剣を剣帯へ戻す。あまり見ていたいものでも、見せたいものでもない。自分の復讐心《ふくしゅうしん》の表れなど。

「……その、貴殿は長子であったであろう。なら、ファルクエーク家は……」

「弟が継ぐでしょう。義父も母も、そう望んでいます」

努めて平静を装って、ランヴァルドはそう口にして微笑《ほほえ》んだ。なんてことはない。なんてことはないのだ。もう済んだことで、もう諦めたことなのだから。

……追いかけてくる記憶の切れ端を振り払うように、ランヴァルドは剣を外套に隠した。

「……もう、よろしいでしょうか。あまり、話すべきことでもないので」

「あ、ああ……不躾《ぶしつけ》なことを聞いたな。すまない」

領主バルトサールはそう言いつつ、ちら、とランヴァルドを見てくる。やはり、ランヴァルドが北部の貴族の出だと知って、余計にやきもきしているのだろう。きっと、『北の困窮の原因が今回の古代遺跡にあるのでは、とよりによって北の貴族に知られてしまった』とでも思っている。

「私は家を逃げ出した身です。今更告げ口なんてしませんよ」

「そ、そうか……勲章を求めたのは、生家に戻るためではないのか？」

「ええ。ファルクエークに戻るつもりはありません。あそこはもう、私の家ではない。もし貴族位を賜れることがあったとしても、その時にファルクエークの名を継ぐつもりはありませんし、与《くみ》するつもりも無い」

ランヴァルドは苦笑しながらそう答えて領主を安心させてやる。実際、ランヴァルドはあの家に帰るつもりは無い。

……ただ、家とは無関係に貴族になって、そして、滅びかけたファルクエーク領を嘲笑ってやりたい、と。そうは、思っている。そのためにランヴァルドは、貴族位を欲している。全てを諦めたからこそ、地を這《は》って、泥を啜《すす》って、復讐を、と。そう思っている。

そうしてランヴァルドは領主バルトサールの御前を辞し、客間へと戻った。

……思っていた以上に体調は悪く、階段を上る途中でへばった。このまま階段の途中に倒れ伏して眠ってしまいたかったが、なんとか体を引きずるようにして客間までは戻る。

「……疲れた。少し、寝る」

ネールにそうとだけ言って、ランヴァルドは寝台へ潜り込んだ。潜り込んでから、剣を帯びたままだったことに気づいて、上手く動かない手でなんとか剣を外す。剣は、ごとり、と音を立ててベッドの下に落ちた。

そうして全てがどうでもいいような気分で、ランヴァルドはただ、あっさりと意識を手放して眠りに就くのだった。

＋

ネールは、ランヴァルドが眠りに就いてからもずっと、ランヴァルドを見つめていた。

眠ってしまうと、この人はどうにも、静かだ。起きている時にはよく喋《しゃべ》る人だが、眠ってしまうと、どうにも静かで……死んでしまったのではないか、と少し怖くなる。

あまりにランヴァルドが静かだから、ネールはそっと近づいて様子を見た。せめて寝息の一つくらいは確認したくて。

すると、ランヴァルドが小さく呻くのが聞こえた。起こしてしまっただろうか、とネールは慌てて後退ったが、ランヴァルドが目を覚ます気配は無い。

ネールは心配しながら、そっと、再びランヴァルドの様子を窺《うかが》う。……すると。

「……は、うえ」

小さく掠れた声が、苦し気に聞こえる。荒い呼吸と共に吐き出されたそれは、呪詛《じゅそ》のようにも懇願のようにも聞こえた。

ネールは戸惑いながらもランヴァルドを見つめる。見つめることしかできない。何かしてあげたいのに、どうしていいか分からない。

……だが、ふと、ネールの中で記憶が蘇る。昔、昔、ネールがまだ幼く、記憶も碌に残っていないような、そんな頃……体調を崩して寝込むネールの横で、母がネールの手を握り、寄り添っていてくれた。

だからネールも、そうすることにした。ランヴァルドの手をそっと握り、母がそうしてくれたように、ぽふ、ぽふ、と胸のあたりを軽く叩く。ゆったりとした拍子でそうしていれば、やがて、ランヴァルドの呼吸は少しばかり、穏やかになった。

ほ、と安堵の息を吐きだして、ネールは微笑む。

……ランヴァルドと領主の話は、難しくてネールにはよく分からなかった。だが、ランヴァルドが不当な目に遭ったことだけは、なんとなく理解できていた。

だからネールは悲しい。ランヴァルドを……身を切り裂く寒さの中、ネールを救うために必死になってくれたこの優しく美しい人を、理不尽な目に遭わせる奴らが許せない。

そして、そんな目に遭わされながらも文句一つ言わずに諦めたような顔をしているランヴァルドが、悲しくて悲しくて仕方なかった。

だから……せめていい夢でも見られるように。

ネールはそんな、ちっぽけな願いを胸に祈りながら、ただじっと、ランヴァルドの手を握り、ランヴァルドに寄り添っていた。

+

……ランヴァルドは目を覚ました。

夢見が悪かったような記憶がぼんやりと残っているが、それだけだ。体調は大分、マシになった。本調子とは言えないが、まあ、多少は動けるだろう。

「……ん？」

そんなランヴァルドは、自分のベッドの中がもそもそしていることに気づく。ついでに、何やら、柔らかく、温い。

……まさかな、と思いながら毛布を捲《めく》って見てみると、やはり、というべきか……。

「……ネール。なんでここに入ってるんだ」

ネールがベッドの中に潜り込んでいたのだった！

「道理で妙にぬくいと思ったぜ。ったく……」

毛布を除《よ》けて、ネールを捕獲する。ネールは『もはやこれまで』というような神妙な顔をしていた。それが妙におかしい。

「行儀が悪いぞ」

うっかり笑ってしまわないように気を付けながら、しかしそれでも若干の笑いを漏らしてしまいつつ……ランヴァルドはネールをベッドの外へ下ろした。

「あと、風邪がうつる。俺に近づくな」

あっち行け、と追い払う手振りを見せれば、ネールは頷いて、ぱたぱたと部屋を出ていった。

ネールは既に、この領主の館で可愛がられているようだ。元々が美少女なこと以上に、喋らないながら妙に愛嬌《あいきょう》があって、健気な性質だからだろう。ドアの外からは早速、『あらお嬢ちゃん、ここに居たのね。朝食の準備ができたから呼びに行くところだったのだけれど、どう？』とメイドの声がしていた。……ランヴァルドが寝ている間に、ネールはここの使用人達を全員籠絡しそうである。

それはそれとして、ランヴァルドは未だ、体調が然程よろしくない。やはり、無理をした代償は重かった。治癒の魔法で傷は癒えているように思えたが、やはり、深い所までは治り切らなかったのだろう。あちこちに風邪由来ではない痛みが残っている。尤《もっと》も、痛むだけで動きはするので、やはり治癒の効果は十分あったと言えるのだが。

「……くそ」

体が重く怠《だる》い。だが、今はそれ以上に気が重い。

何せ、逃した勲章は大きい。ランヴァルドの積年の夢である貴族位に向かう階段の一段を、上り損ねたのだ。これをやり直すために、次はどんな手を打てばいいだろうか。

……そう考え始めると、次第に頭痛がしてきた。やはり、風邪ひきである。何かを考えようにも、まともに頭が働かない。

ランヴァルドはまた悪態を吐くと、もそもそ、と毛布に埋もれる。こういう時はさっさと眠って、可能な限り早く、体調を戻すに限るのだ。

次にランヴァルドが目を覚ました時、部屋には誰もいなかった。窓の外の様子を見る限り、恐らく昼前、といったところだろう。

少し眠ったからか、幾分、体調は良くなっていた。起きたままもうしばらくしていると風邪がぶりかえしてくるのだろうが。

ふと見れば、ベッドサイドに呼び鈴が置いてあった。……平民であれば使用を少々躊躇うものだが、ランヴァルドはかつての自分を思い出しつつ、躊躇《ちゅうちょ》なく呼び鈴を鳴らす。

水を飲みたい。少し熱が出ているのか、喉が妙に渇いて仕方がない。だが幾分、食欲はあった。ならば食べられる時に食べておいた方が、体力を回復する役に立つだろう。食事を持ってきてもらえればありがたい。

……だが。

呼び鈴を鳴らして最初にぱたぱたやってきたのは、ネールであった。耳がよく、ついでに足の速い彼女はメイド達より先に到着してしまったらしい。ネールは、呼ばれたか、と期待に満ちた目でランヴァルドを見つめている。

「いや、お前じゃない」

ランヴァルドは苦笑しながら、またネールを追い払った。ネールは不服そうな顔をしていたが、素直に従ってくれたのでランヴァルドはほっとする。風邪ひきの部屋に小さな子供を置いておくわけにはいかないのだ。

メイドに水と軽食を頼んで少しすると、望みのものが運ばれてきた。野菜を細かく刻んで柔らかく煮たスープに、柔らかなパン。そして黄金林檎が三切れほど。陶器の水差しにはなみなみと水が入っている。領主の都合で勲章の授与を翻した領主からランヴァルドへの『埋め合わせ』なのだろうから、遠慮なくそれらを頂くことにした。

……メイドはベッドの上で食べられるように支度しようとしてくれたのだが、ランヴァルドはそれを断って、客間にあったテーブルの上で食事を摂った。

卓に着いているだけでも少々辛《つら》いような状態ではあったが、無理にでも体を動かさなければ、体が酷く鈍るだろう。

風邪が治ったらすぐ領主の館を辞して、氷晶の洞窟に置き去りにしてきた荷物を回収しなければならない。そしてまた、別の機会を探さなければ。


「……白刃勲章を逃したのは痛かったなあ、ああくそ」

またぼやき、またため息を吐いて、ランヴァルドは考える。

領主バルトサールを強請《ゆす》ってもいいが、あまりやりすぎると自分の首を絞めることになる。文字通り。絞首刑という意味で。まあ実際にやられる時は夜道でさっくりと暗殺される可能性の方が高いだろうが。

「一旦、ハイゼオーサは出た方がいいか……。あんまり長居すると暗殺されかねない……」

領主バルトサールは義に従ってランヴァルドを殺さずにいてくれるだろう。だが、彼の側近はそうは思わないはずだ。敬愛する領主の名誉のため、勲章を取り下げられた上に古代遺跡のことを知るランヴァルドに『永遠に』口を噤《つぐ》んでもらおうと考える者も、きっと居る。

……全く、厄介なことになった。勲章を手に入れようとしたのに勲章は手に入らず、しかも、ハイゼオーサの一部の民から命を狙われかねないとは！

しかも氷晶の洞窟で手に入れたものといったら、風邪と怪我だけだ。魔力をすっかり失った水晶がいくらかあるが、あんなものは大した値段にならない。子供の小遣い程度なものだろう。

嗚呼、本当に、本当に大損である。ランヴァルドはまたため息を吐いて、のろのろと食事の手を進めた。


そうして食事を終えたランヴァルドは眠り、眠っては魘《うな》されて起きて、水を飲んで、また眠って……そうして夕方には大分回復していた。これなら、明日の朝、ここを発《た》つことができるだろう。

ならば、今日の内に領主バルトサールに挨拶しておきたい。ランヴァルドは身支度を整えるための諸々《もろもろ》を用意してもらうべく、呼び鈴を鳴らす。

……すると、すぐさまネールがやってきた。

「いや、お前じゃないんだが」

どうしてこう、ネールは一度で学習しないのか。ランヴァルドは何とも言えない気持ちになりつつ、『ほら、出てけ』と手振りする。だがネールは出ていかず……。

「……ん？」

もじもじ、としながらやってきたネールは、後ろ手に持っていたらしいそれを、そっ、と出す。

「……お前」

それは、紙切れだ。そしてそこに書いてあったのは、拙いながらも丁寧に並ぶ、文字。

『たすけてくれて　ありがとう』


「書いたのか」

信じられないような気持ちで尋ねれば、ネールは嬉しそうに頷いた。

どうやらネールは、ランヴァルドが寝込んでいた間に文字を書けるようになったらしい！

ランヴァルドが驚いていると、ネールはもじもじと躊躇いながら、もう一枚、紙を出してきた。

『わたしは　ネレイア・リンド　です。　あなたは　ランヴァルド・マグナス・ファ……？』

「ネレイア……か」

ランヴァルドはようやく、ネールの本名を知った。

リンド、という姓は、まあ、貴族ではないだろう。少なくともランヴァルドは聞いたことが無い。『菩提樹《ぼだいじゅ》』を意味する姓であり、まあ、よくある姓の内の一つだ。どちらかというと南部に多い姓だが、それだけでネールの出身地がどこかを考えるのは難しいかもしれない。

それから……ネレイア。それが、ネールの本当の名前、であるらしい。やはり『ネール』は愛称だったようだ。

ネレイア。ネレイア。ランヴァルドが何度かそう呟いていると、ネールがにこにこと嬉しそうにしていた。

だが、にこにこしていたネールは、はた、と気づいたように再びさっきの紙をもう一度指差し、『ランヴァルド・マグナス・ファ……？』のところをなぞった。

「あー、俺の名前だったな。えーと……」

ネールは恐らく、昨日の領主との会話の中で出てきたことが気になっていたのだろう。純粋な好奇心故に思える。だが、ランヴァルドはどう説明したものか、と少々迷う。

……だが、結局のところは、全部説明してやるしかないのだろう。今後のことを考えても、ネールには『貴族とはどういうものか』分かっておいてもらった方がいい。商売の邪魔になるような行動は慎んでもらわねばならないし、何よりも、いずれランヴァルドは貴族になってやるのだから。

ということでランヴァルドは諦めると、丁度来たメイドに身支度のあれこれを頼み……それが届くまでの間、ネールに自分の生い立ちを少しばかり話してやることにした。

＋

ネールはようやく、ランヴァルドの本当の名前をちゃんと聞けた。

「元々の俺の名前は、『ランヴァルド・マグナス・ファルクエーク』だった。今はもう、ファルクエークの人間じゃないけどな」

ランヴァルド・マグナス……ファルクエーク。

そう、ファルクエーク。ファルクエークだ。ネールは一回だけ、あの領主というらしい人が言っていたのを聞いて、でも、聞き逃してしまったのだ。ずっと『ふぁ……なんだっけ』と思っていたのを知ることができて、ネールは嬉しくなる。

「鷹の樫、っていう意味だ。どうも、昔々、俺のご先祖様が武功を立てて当時の王からお褒めの言葉を頂戴した時、丁度、樫の木に鷹が止まったらしい。それを見た王に『ファルクエーク』の姓を賜ったんだとか」

鷹は賢くて強い鳥だ。だからランヴァルドにぴったりだ！　ネールは嬉しくなって何度も頷いた。

「で、その時一緒に、北部の北の端の方の土地を領土として賜った。それがファルクエーク家の始まりだったらしい。ま、要は成り上がりの野蛮人を北へ追いやる体《てい》のいい口実だったんだろうけどな」

ランヴァルドがすらすらと説明してくれるのを聞いて、ネールは、ほふ、と感心のため息を吐いた。やっぱり、ランヴァルドはすごい。ネールは声が出なくなる前も、こんなにすらすら話せなかった。

「まあつまり、要は俺は貴族の家に生まれたんだ。当時の領主……俺の祖父にあたる方が有能な方だったんでな。まあ、北部の割に産業も発達して、やたら寒いがそこそこ住みよい領地になってた。

だからまあ、何不自由なく育ったさ」

どうやら、やっぱり、ランヴァルドは本当に高貴な身分の人だったらしい！

そうだと思ったのだ。あんなに優しくて綺麗な魔法を使える人なのだから、賢い上にきっと高貴な人なんだろうと思ったのだ。それに、ランヴァルドはとてもお行儀がいい。食事はとても綺麗に食べるし、書く文字はとても綺麗だし。

予想が当たって、ネールは少し嬉しくなった。やっぱりランヴァルドはすごい人。それは間違いないのである！

「だが、まあ、何もかも思い通りにいったわけでもなかったし、全く予想していなかったことも起きた」

ランヴァルドの藍色の目が、昔を懐かしむみたいに優しく細められる。

「俺が八つの時、父上が死んだ。病だった。……それで、父の弟であった人が、家を継ぐことになった。俺が大きくなるまでの間、ってことでな。なんだが……どうも、その叔父が、俺の母と恋仲になっちまったみたいでな。父上が死んだ一年後に、二人は結婚したよ」

ネールは絶句した。だって、だって、それは……裏切りであるように思われたのだ。

妻から夫への裏切りであり、弟から兄への裏切りであったのだろうが……それ以上に、母から息子へ、叔父から甥《おい》への、裏切りだったのではないだろうか。

「……あー、難しかったか？　ん？　違う？　そ、そうか……」

ネールが難しい顔をしていたら、ランヴァルドはどうやら、『ネールは話の内容をよく分かっていないのではないだろうか』というような顔をしていた。なのでネールはぶんぶんと首を横に振る。

ネールはちゃんと分かっている。分かった上で……怒っているし、悲しくも、思っているのだ。

「それから更に一年……父上が死んで二年で、えーと、母と叔父との間に俺の弟が、生まれた。で、その弟は俺の十歳年下でありながら、まあ、優秀だったんだよな。魔法も剣術も、才能があったらしい。その点、俺はそっちがてんで駄目だったからな。諦めて勉強ばっかりしてたさ」

ネールは最早、何を思っていいのか分からない。突然生まれてしまった弟のことで悲しめばいいのか、ランヴァルドはあんなに優しくて綺麗な魔法が使えるのに『てんで駄目』なのかと不思議に思えばいいのか、勉強を頑張ったというランヴァルドに拍手を送ればいいのか……。

「……叔父、いや、まあ、義父……なんだが。彼は俺じゃなくて、自分の息子を次の領主にしたくなったらしい。そして、母も」

更に続いた話に、ネールはいよいよ、どうしていいか分からなくなる。

当時のランヴァルドはどれだけ悲しく、どれだけ居心地の悪い思いをしていたのだろうか。カルカウッドに居たネールよりも余程、居心地悪く思っていたのでは。

だというのに……だというのに！　ランヴァルドはそんな話を、大したことではないと言うように話すのだ。それがネールには、余計に悲しい。

「まあ……元々、母は政略結婚でファルクエークに来た人だったからな。俺の父上に愛があったかと言えば、そうでもなかったんだろう。それから叔父と出会って、ようやく、愛する人と一緒になれたわけだ。そんな愛する人との初めての子供にこそ、次の領主を、と思う気持ちは、まあ、分からないでもない。だから、まあ……」

ランヴァルドはごく軽い調子でそう言うと、そんな調子のまま、何でもないことのように、言うのだ。

「俺が十九になった頃、毒を盛られたよ」

ネールはたまらなくなってランヴァルドに飛びついた。

「お、おい、ネール。どうした?」

ランヴァルドは困惑していたが、ネールは只々、きゅう、と抱き着いて、そのまま離さない。どうすればいいか分からない。否、どうしたってどうにもならないと分かっている!

……ネールにも、分かっているのだ。幼い頃から自分の家が自分の家じゃなかったランヴァルドも、実の母親に毒を盛られたランヴァルドも、救ってやることができない。

何かしてあげたいと思うのに、ネールには何もできないのだ!

「あー……こら、こら。そう引っ付くな。大丈夫だから。大丈夫だからな」

ランヴァルドは抱き着いたネールを剝がし始めた。剝がされたのでネールは大人しく剝がれることにする。ネールはランヴァルドの前ではできるだけ聞き分けのいい子で居たいのだ。

「もう終わったことだ。その時に上手く逃げ出したからな。今、俺はこうしてピンピンしてる。元気に商人をやってるし、まあ、向き不向きで言ったら、俺は商人に向いてる。間違いなく。だから後悔は無いんだ。本当に。……あの家はもう、俺の家じゃない。だから俺は今、貴族じゃない。『ファルクエーク』じゃない、ただの『ランヴァルド・マグナス』だ」

そんなネールに……そして自分自身に言い聞かせるように、ランヴァルドはそう言って笑う。

その笑顔がまたなんとも寂しい。ネールも寂しい。ネールには家が無いが、ランヴァルドにも家が無い。家無し子同士だったのだ。

……どうして、この世界にはこんなに悲しいことがあるんだろう。

ネールはネールで、自分の故郷を喪《うしな》って、家族とも離れ離れになってしまったのだが……家族『に』離れ離れにされたわけじゃない。だから、ランヴァルドは自分より辛かったはずだ。辛かったはずなのに、こうやって笑っている。

……ランヴァルドはやっぱり、立派な人だ。ネールはそう思う。

ネールはしばらく、悩んでいた。今、ランヴァルドに何か言葉をかけるべきじゃないのか、と。覚えたての文字はまだたどたどしいが、頑張れば、ゆっくり考えながらなら、書けるものもある。ちょっとなら筆談だってできるはずだ。だから何か、励ましの言葉を……と。

だが。

「……だが、折角なら俺を殺そうとしたあの家をちょっとばかり馬鹿にしてやりたくもあってな？」

にやり、と。先程までの寂しい笑顔とは一転、実に商人らしい笑顔でランヴァルドはそう言った。

「俺は今、貴族じゃない。だが……勲章と金があれば、貴族位は買えるんだ」

ネールがきょとん、としていると、ランヴァルドはそんなネールの頭をもそもそ撫《な》でて、飄々《ひょうひょう》と続ける。きっと少し無理をして、そう振る舞っている。でも全部が全部、無理でできているわけじゃない。ネールには、ランヴァルドの本心もここにちゃんとあることが分かった。

「今、親愛なるファルクエーク家は傾きかけてるらしい。俺の祖父が遺《のこ》した功績はほとんど全部食い尽くしちまって、更にそこに今年の冷夏だ！　随分と酷い目に遭ってるんだろうよ！」

ネールは、そうだそうだ、と頷いた。当然だ。ランヴァルドに酷いことをした奴らは酷い目に遭えばいいのだ！

するとランヴァルドはそんなネールを見てちょっと驚いたような顔をしつつ、少し照れたような顔をした。初めて見る顔だ。ネールは少し嬉しくなった！

「……ま、そんな連中に、死ぬ前にもう一回、顔を見せてやりたくてね。あいつらより『上』になった姿を見せてやりたい。で、俺を殺そうとしたこと、絶対に後悔させてやる」

そう言うランヴァルドは商人であって……そしてやっぱり、貴族なのだ。

だってランヴァルドはこんなにも眩《まぶ》しく、気高い人なのだから。

「ってことで、俺が欲しいのは金と勲章。そういうわけだ。……で、丁度その勲章を取り損なったところだな。まあ、貸しが一つできた、とも言えるが、あんまりにもデカい貸しだからな、下手するとハイゼル領で命を狙われかねない……いや、おい、そんな顔をするな」

何かとんでもないことを聞いてしまった気がしてネールはしばし固まってしまった。命を？　狙われる？……何故!?

折角、折角ランヴァルドがあんなに傷だらけになって、あの寒い寒い洞窟の中で、何かよく分からないけれど大変な偉業であるのだろうことを成し遂げたというのに!?　そんなことが許されていいのだろうか!?

ネールは『神様が許しても許さないぞ』というような気持ちでいっぱいになってきたのだが、ランヴァルドはそんなネールの気持ちを察知したらしく、『いいか？　くれぐれも大人しくしてろよ?』と釘《くぎ》を刺してきた。……なのでネールは大人しくすることにする。しゅん……。

「……まあ、とにかく俺は、しばらくハイゼル領から出ようと思う。できれば南と北を行ったり来たりしたいところだけれどな。元手が無いことにはなんともならないから、まずは南で稼ぐか……」

ランヴァルドは何やらもごもご呟きながら、うーん、と唸《うな》る。……商売の話はネールには難しくてよく分からないのだが、ひとまず、ランヴァルドが前向きに今後の計画を立て始めたことだけは分かった。

なのでネールは少しばかりうきうきして……それからすぐ、ふと、不安になる。

ランヴァルドは……次も、ネールを連れていってくれるだろうか。


「だから、ネール……あー、ネレイア、って呼んだ方がいいか？」

ランヴァルドの問いに、ネールはふるふると首を横に振った。それから、自分が書いた文字を指差して、『ランヴァルド・マグナス』をなぞり、ランヴァルドを指差し、それからネール自身を指差した。

ランヴァルドが、『ファルクエーク』ではないのなら、ネールだって『リンド』じゃなくていい。『ネレイア』でもない。

ネールはネールだ。最初にランヴァルドがそう呼んでくれた時から、ネールはネールになったのだ。


……と、そう伝えたかったのだが、上手く伝わらなかったらしい。ランヴァルドは、『まあ、短い方が楽か。もう慣れたしな』と首を傾げていた。

「じゃあ、ネール」

そうそう、とネールは頷いて、ランヴァルドの言葉をじっと待つ。

ランヴァルドの藍色の目は、これから冒険に向かう少年のように、楽し気であった。

「お前、俺と一緒に、来るか？」

ネールはすぐさま頷いた。一回剝がされたばかりだというのに、また、懲りずに飛びついてしまった！

「おいおいおい！　だからそう引っ付くなって！」

ランヴァルドはまたネールを剝がしにかかったけれど、ネールはまだまだご機嫌だ。

だって、嬉しいのだ。とても嬉しいのだ！　ネールはまた連れていってもらえる！　ネールは一人ぼっちじゃない！

「何だ、その、そんなに嬉しかったのか……？」

ランヴァルドはぎこちなく苦笑いを浮かべている。ネールはそれに、うんうん、と何度も頷いて、ランヴァルドに笑い返した。

……ネールが一緒に行けるなら、ランヴァルドも一人ぼっちじゃ、なくなる。

ネールは、それがまた嬉しい！

「よし、決まりだな。じゃ、明日ここを発つ。そのまま……えーと、まずは氷晶の洞窟へ戻って荷物を取ってこよう。ここの兵士と一緒に、だな。で、それが終わったら……一旦、『林檎の庭』で根回しだな。暗殺されちゃたまらない。で、そのまま近くの村を目指すか。どこにするかなあ」

ランヴァルドがにやりと笑って計画を立て始めたのを見つめながら、ネールはにこにこと笑みをこぼす。

……だって、この旅には続きがあるから！

＋

「明日、ここを発とうと思います」

「そうか……」

その日の夕食後。ランヴァルドが挨拶すると、領主バルトサールは気遣うような目を向けてきた。

「体は、もうよいのか」

「ええ。おかげ様で大分、良くなりました。これならば、遺跡の調査に同行することもできるかと」

ランヴァルドの目的は古代遺跡の奥に置いてきてしまった背嚢を拾いに行くことだが、一応、遺跡の調査に同行する形でそこまでの侵入を許可されたのだ。仕方ない、ある程度、当時の現場の状況などを説明してやる必要があるだろう。

ランヴァルドが少々面倒に思いつつもそれを表情に出さずにいると、領主バルトサールは申し訳なさそうな顔をする。

「貴殿には、その、随分と世話になったな。古代遺跡が稼働したままであったなら、ハイゼルはこの冬を越えられなかったかもしれない。或いは、その先で潰《つい》えていたやもしれぬ」

領主バルトサールの言葉には、しみじみとした実感が滲んでいた。……ハイゼルは今が丁度、様々なものの収穫期だ。ここで冷気が吹き荒れたら、収穫目前のものが悉《ことごと》く駄目になっていた可能性が高い。ただでさえ冷夏のせいで、あちこち収量が落ちている。そんな中で収穫物が損なわれていたら、いよいよ、ハイゼルの民が飢えて死ぬ事態になりかねなかっただろう。

そして何より、北部の領主達からこぞって『ハイゼルが古代遺跡を管理しきれなかったせいで冷気が吹き荒れ、冷夏を呼んだに違いない』とでも難癖をつけられていれば、この先数年、ハイゼル領は苦境に立たされることになっていた。北部の貴族は愚かで傲慢で、それでいて武力だけは持っている、という者も多いのだ。

「ええ。お役に立ててよかった。ハイゼルの平穏は私の望みでもあります」

「そうか……すまない。約束と義理を重んじるハイゼルにおいて、約束を違《たが》えることを深く詫《わ》びる。せめてもの埋め合わせとして、金貨五枚を用意した。これでどうか、赦してほしい」

領主バルトサールはそう言って、金貨を側近から受け取り、それをランヴァルドに渡してきた。

金貨五枚、というと、ネールが数時間働けばそれだけで稼げてしまう程度の額である。まあ、無いよりはあった方がいいが、所詮はその程度の額だ。命を賭したことの対価にしては、あまりにも安すぎる。

「ええ。その代わり、どうかくれぐれも、領主様に忠誠を誓う者達の手綱を握っておいて頂きたく」

「勿論だ。非礼の代わりと言っては何だが、この約束は何があろうとも守る。ハシバミの枝の下において、必ずや。……そして、救われた恩は決して忘れない。助けが必要になったら、どうか頼ってほしい」

「はい。ありがとうございます」

約束は話半分に聞いておくとして……まあ、今後命を狙われなければまだマシだ。そして領主バルトサールはきっと、そうしてくれるだろう。ランヴァルドとの約束より領地と領民を優先できる柔軟な人物だが、それは決して軽薄故でも、軟弱故でもないのだろうから。

ランヴァルドは冗談めかした苦笑を領主バルトサールと交わし合ってから、しっかりと一礼して、領主の元を辞した。


……部屋へ戻る傍ら、ランヴァルドは考える。もしかしたら、ハイゼル領を出ず、しばらく滞在していた方が領主やその忠臣らを安心させることができるだろうか、と。

ランヴァルドがハイゼルの不名誉を言いふらすようなことはしないと分かれば……そして何より、他の領地との繋がりを持たないただの旅商人だと分かれば、それで安心して、命を狙わずにいてくれるかもしれない。

ついでに、ちょっとばかり強請って、長期間に渡って少しずつ、この『貸し』を返してもらうこともできるのではないか、と。

「……やめとこう」

まあ、やめておいた方が無難だろう。ハイゼルの領主はともかく、兵士達からは恨みを買う。余計な恨みは商売の邪魔だ。なら、もっと別のやり方をした方がいい。それにどうせ、ここでは然程儲《もう》からない。さっさと次の目的地へ向かってしまった方が金になるだろう。

諸々を諦めたランヴァルドは早速、部屋へ戻って眠ることにする。

そして明日は朝一番にここを出て行く。……ネールを連れて。

ネールが付いてくるのは、ランヴァルドにとって何よりの幸運だった。

何せ、ネールさえいれば、幾らでも稼げる。魔物の多い場所へ突入していって、そこでネールに狩るものを狩らせて、それをランヴァルドが売り捌《さば》けばいい。それだけで、一日に金貨数枚分は稼げるのだ。そう考えれば、未来は多少明るいものに思えてくる。

……そうだ。これだから、ランヴァルドは氷晶の洞窟で、荷物より金貨より、ネールを優先した。自分の命を擲《なげう》ったのも、結局はより多くの金のためだ。

あの時のランヴァルドは、結果から見れば正しい判断をしたことになる。そうだ。あれは正しかった。現にランヴァルドはこうして、『勝って』いる。

……だが、まあ、ネールには話さなくてもいいことまで話した気がする。勿論、無駄にはならないだろう。『ファルクエーク』の話をしておいた方が、今後、ネール自身も『ファルクエーク』に警戒してくれる可能性が高くなる。ネールがそうとは知らずに厄介ごとを運び込んでこないとも言えないのだから、まあ、教えたのは無駄ではない。

だがそれにしても、話しすぎたような気も、しないでもない。

「……話したかった、ってんでもあるまいに」

ランヴァルドは自身の客間のドアを開けつつ、ため息を吐いた。

先程のあれは、まるで、ランヴァルド自身が当時のことを誰かに話したかったかのような、そんなようにも思える。我がことながら、なんとも馬鹿馬鹿しく軟弱なことだ。

……ランヴァルドが当時のことを誰かに話すのは、ネール相手が初めてだった。長い事世話になっていた『林檎の庭』のヘルガもランヴァルドの生家のことを知らないし、長く商売仲間としてやっている連中も、『どうやら元は貴族だったらしい』という程度のことしか知らない。

ネールだけだ。ランヴァルドのことを知っているのは。

何故、ネールには話す気になったのだろう。丁度風邪をひいて、気が弱っていたからか。

はたまた……森で一人、孤独に生きていた姿に。或いは、古代遺跡の奥、氷の壁の向こうで、全てを諦めたように目を閉じていた姿に、何か……かつての自分を重ねでもしたか。

「……馬鹿馬鹿しい」

ランヴァルドは自嘲する。本当につくづく……馬鹿げている。

孤独を厭《いと》うほど柔ではないというのに。北部の寒さにも耐えられるというのに。そのはずなのに……どうにも、ネールがしがみついてくると、その温もりが妙に心地いいのだ。

嗚呼、本当に、馬鹿げている。


「ああ、待たせたな。大丈夫だ。領主様へのご挨拶は終わった」

部屋に入ると、すぐ、ネールがぴょこぴょこと駆け寄ってきた。ずっと部屋で待っていたらしい。

「明日の朝、すぐに出発するからな。今日は早く寝るぞ」

ランヴァルドがそう言えば、ネールはこくんと大人しく頷いて……。

「……おい、ネール」

ネールは、いそいそ、とランヴァルドのベッドに潜りこんだ。

潜り込んでおいてから、おずおずとランヴァルドの様子を窺ってきた。……なんともいじらしいことである。

「……しょうがねえな」

こんなネールを見れば、ベッドから追い出すのも躊躇われる。ネールだって、あの遺跡で死にかけたのだ。北部の冬めいた寒さや迫りくる死への恐怖がネールの中に残っていても何らおかしくない。

……まあ、こんな子供の機嫌を取るだけで金になるのだ。ならば一晩くらい、いいだろう。

仕方なしに、ランヴァルドはそのまま、ネールが入ったベッドで少々狭い思いをしながら眠ることにする。ランヴァルドもベッドに潜り込めば、ネールは隣で、ふや、と蕩《とろ》けるような笑みを浮かべる。

「さっさと寝るんだぞ。おやすみ」

声を掛ければ、ネールはこくんと頷いて目を閉じた。

時折もそもそ動く温くて柔い塊の存在を隣に感じながら、ランヴァルドも目を閉じる。

どうも、今日は夢も見ずに眠れそうだな、と思いつつ。


翌朝。

ランヴァルドはネールと共に、そしてハイゼルの兵士達と共にハイゼオーサを発った。

一応、『遺跡の第一発見者として調査に同行する』という名目だ。目的は捨ててきた背嚢を拾いに行くことだが。

カシャ、カシャ、と鎧が鳴る音と共に進んでいくと、どうも、貴族だった頃、護衛に付き添われて移動していた時のことが思い出される。ランヴァルドはため息を吐くと記憶を振り切って、代わりに隣のネールへと意識をやった。

金の髪を朝の風に靡《なび》かせて、海色の瞳をきょろきょろと動かしては楽し気にあたりを見て。そして時々、ランヴァルドを見て、また笑顔になる。

ネールは今日も元気いっぱいである。……どうも、ネールはまた一層懐いたようだ。

好都合だ。好都合なのだが……分からない！

ネールは一体、何を思ってランヴァルドに懐いたのだろうか。ランヴァルドは、自分が無垢《むく》な子供に懐かれるべきではない類の人間だという自覚があるので、ネールが何を考えてランヴァルドに懐いているのか、まるで分からない！

……若干、ネールが心配になってきた！


水晶の洞窟へは、然程時間もかからずに到着した。

踏み入ってすぐ、洞窟の中の様子が前回とは異なることに気づく。何せ、以前のような冷たさとは縁遠い。ただの洞窟だ。

どことなく、水晶の質も落ちたように思える。……もしかすると、あの古代装置が一旦作動したことによって、この辺りの水晶の魔力が吸い取られたのかもしれない。まあ、ランヴァルドは気づかなかったふりをするが……。

そうして進んでいけば、以前、兵士達の死体があった場所にはもう何も無かった。どうやら既に回収されたらしい。……ゴーレムの残骸も無かった。残念である。もしゴーレムの残骸が残っていたら、間違いなくランヴァルドが持ち帰ったのだが！

ネールが仕留めた分のゴーレムすら回収されているのだから、いよいよやっていられない。ランヴァルドはため息を吐いた。兵士達が一緒でなかったら悪態の一つや二つ吐いていたのだが、今はそういうわけにもいかず、ただ、歩みを進めていく。

古代遺跡の方へと更に進んでいけば、例の冒険者達の死体はそのままにしてあった。まあそうだろうな、と思いつつ、ランヴァルドは兵士達の視線を全身に浴びる。

「この者達について聞きたい。先の説明では、護衛として雇った者だ、ということだったが」

案の定の問いを受けて、ランヴァルドは考える。

最初に領主バルトサールへ報告した時、『俺を狙ってつけてきた裏切者を返り討ちにした』と正直に説明しなかったのは、ランヴァルドが関税を誤魔化そうとした話にまで触れる羽目になったら面倒だ、という話だけではない。

なによりも、『じゃあこいつらを殺したのは誰だ？　そもそもあの水晶ゴーレムを殺したのは誰だったんだ？』ということになるからだ。

そう……ネールだ。

ネールが現実離れして思えるほどに優れた狩人《かりゅうど》であることを、明かさねばならなくなる。

……そして、ネールの価値を知られたら、ネールを奪われる可能性がある。奪われずとも、今後ランヴァルドのことを大いに警戒するであろうハイゼルの兵士達を、更に警戒させる羽目になるかもしれない。

よって、ランヴァルドは……舌先三寸で、この場を切り抜けることにした。

幸いにして、今は体調も良い。頭も口も、よく回ることだろう。


ということでランヴァルドはまず、ネールを他所《よそ》へやることにした。

『ちょっと向こうで水晶でも見ていなさい』と言ってやれば、ネールは満面の笑みで頷いてぱたぱたと駆けていったし、幼い少女のそんな行動を止める兵士も居なかった。

そうしてネールが向こうへ行ってしまってから、ランヴァルドはようやく、口を開く。

「……はい。先日の報告でも申し上げました通り、この連中は私が雇った護衛です。馴染《なじ》みの腕利きを頼るつもりだったのですが、丁度、別の護衛依頼を請けていたようでね。仕方なく別の護衛を雇いました。一応は、かつて雇ったことがある者が交ざっていましたので」

まあ、確かに『雇った』ことのある護衛が交ざっている。裏切られて積み荷を奪われた上、魔獣の森に置き去りにしてくれた連中だが。……ランヴァルドはそんなことを考えつつ、ふと、表情を曇らせてみせた。

「ですが……古代遺跡がこの奥にあると分かるや否や、雇った内の半分ほどが襲い掛かってきました」

「なんだと？」

「裏切らなかった護衛達と一緒に戦ったのですが、結局、この有様です。半ば、同士討ちのようになってしまったのでしょうね。……私自身も、ネールを庇《かば》って深手を負いました。ああ、多分、その血の跡は私の血だ」

ランヴァルドはなんとも適当なことを言う。

実際のところ、ランヴァルドはここで怪我などしなかった。そんな怪我をする暇もなく、ネールが全員殺していたからだ。当然、適当に指差した血の跡も、ランヴァルドではない、死んだ冒険者達の誰かの血だったものと思われる。だがまあ、言ったもの勝ちだ。真実など、どうせ分かりやしないのだから。

「幸い、治癒の魔法の心得があったものですから、なんとか傷を治すことはできました。だが、そのまま休むわけにはいかなかった。裏切った護衛が二人ほど、奥へと侵入して……制御盤に触れていましたから。それを止めなければ、と判断しました」

ランヴァルドはつらつらと、好き勝手なことを述べていく。死人に口なし。ここに転がっている連中はもう何も喋らないのだ。だから好き勝手、ランヴァルドは言いたいように言わせてもらう。

「その二人は元より、私を殺して古代魔法の装置へ辿り着くことが目的だったのでしょう。……元々、ここに古代遺跡があることを知っていた可能性があります」

……そう。

ランヴァルドは、ハイゼルに余計な混乱を巻き起こしてから逃げるつもりなのだ！

案の定、兵士達はざわめいた。

『この遺跡の存在を元々知っていて、古代装置へ真っ先に駆け寄っていき、そして、制御盤に触れていた冒険者』。その存在は、ハイゼルの安寧を根本から揺るがしかねないものである。

まあ、そんなものは存在しないのだが。ランヴァルドの嘘八百《うそはっぴゃく》なのだが。

だが……そんな嘘に踊らされて、警戒をそれらに割いてくれるなら、今後ランヴァルドがハイゼルで追われる可能性は低くなるだろう。

自分が追われたくなかったら、自分以外の誰かも追わせればいい。そういうものである。

そうしていると、ネールがひょっこり戻ってきた。ポケットに水晶をめいっぱい詰め込んで帰ってきたようだ。

……二、三個水晶を拾ってくるくらいは想定していたが、流石にここまで詰めて戻ってくるとは思わなかった。ランヴァルドは呆気《あっけ》にとられるばかりである。

どうやら、前回のあの時は遠慮していたらしい。今回は……まあ、何かハイゼルの兵士達に思うところがあったのかもしれない。ネールはやけに堂々と水晶を採集してきた。『正当な取り分である！』とでも言いたげな、堂々として満足気な顔である。

膨らんだポケットはなんとも微笑ましいものだが……まるで慎《つつ》ましさが無い。子供の遊び程度の量ならまだしも、流石にこの量を持ち出すとなると……兵士達に気づかれたらまずい。

ということで、ランヴァルドはネールのポケットから水晶を抜き出して、自分の懐に隠しておいた。……『返してきなさい』とは言わないあたり、流石はがめつく図太い悪徳商人である。


古代魔法装置の部屋へ入ると、そこは以前とは異なる様相であった。

魔力の気配は無く、冷気も無い。冷気によって霜が降りているでもなく、吹雪が渦巻いているでもなく……まあ、つまり、静まり返ったただの遺跡、であった。

「……もう動かないか」

制御盤を少し見て、ランヴァルドは首を傾げた。

……少々、おかしいように思える。あの時、何の知識も無いであろう冒険者崩れが制御盤を訳も分からず触った結果、この遺跡の装置が動き出したわけだが……あの時は動いたのに、今はもう、動きそうにない、とは。

「これが動いたのか？」

「ええ。……今思うと、あの冒険者二人が……ほら、あそこで死んでいる、あの二人ですね。彼らが何かしたからこそ、この装置が起動したのかもしれません」

思っても居ないことを如何にもそれらしく言ってやれば、兵士達は神妙な顔で記録を付け始めた。

……大方、洞窟の水晶の魔力を使って、誰でも起動だけはできるようにできていたのだろう。今も魔力を充塡すれば動くのかもしれないが、流石にそれも怖い。触らぬ神になんとやら、である。

ランヴァルドはさっさと制御盤の傍を離れ、背嚢を探すべく、視線をやった。

「ああ、もう見つけたのか」

だが、ランヴァルドが何かするまでもなく、ネールが嬉しそうにぴょこぴょこと跳ねて戻ってきていた。その手にはランヴァルドとネール、二人分の背嚢がある。

中を確認してみたが、中身はそのままであったようだ。兵士達は一度、この部屋に入っているのだろうから、わざわざ背嚢はそのままにしておいてくれたのだろう。……或いは、そもそもパイプとパイプの間に隠れて、背嚢が見つかっていなかったのかもしれないが。

それからランヴァルドはもう少々、古代魔法装置について話した。

ハイゼルの兵士達は、ランヴァルドの説明をつぶさに記録し、そして、自分達が調べた限りの情報と照らし合わせ、なんとも健気に働いていた。

ランヴァルドはそれに協力する誠実な商人のふりをして兵士達に付き合ってやった。

古代魔法装置についてはほとんど正直に話したので、これについて彼らが困ることは無いだろう。まあ、居もしない『元々古代魔法装置の存在を知っていて、これを起動させることを目的としていた者達』を追いかける羽目にはなるだろうが……それはランヴァルドの知ったことではない。

『精々頑張ってくれりゃあいいさ』と、少しばかりやさぐれた気分で笑うランヴァルドなのであった！

第五章 旅の続きを

そうしてランヴァルドとネールは、ハイゼオーサへ戻る。兵士達《たち》はこちらを警戒していたが、それは仕方ない。ランヴァルドは兵士達の警戒に気づいていないふりをしつつ、町で兵士達と別れて『林檎《りんご》の庭』へと入っていった。……そして明日の朝、日の出ない内に出発するつもりである。

「ちょっと！　しばらく見なかったけれど大丈夫なの!?」

『林檎の庭』へ入るや否や、ヘルガが心配そうに駆け寄ってきた。

「ああ、まあ、色々あったんだ。色々……」

「ま、また何かやったの!?　あああ、なんだか見ない間に傷が増えたんじゃないの？」

「これでも治したんだ」

ランヴァルドは、早速の質問攻めに少々げんなりしつつ、しかし、このヘルガを利用しない手はない。ヘルガは良くも悪くもお喋《しゃべ》り好きだ。情報源としても貴重だが……『情報を発信する手段』としても、有用なのである。

「……ということだったんだ」

「うわあ……」

……食事の席でヘルガに事の顚末《てんまつ》をざっと語ったランヴァルドは、ヘルガを唖然《あぜん》とさせた。勿論《もちろん》、ヘルガが聞いても問題ない部分だけしか語っていない。ただ、『働き損だった上に少々厄介なことになって、口封じに殺されるかもしれない』というような説明をしただけだ。

「そういう訳で、俺の行方を追おうとしている兵士が居たら俺の居場所は教えないでくれ。当面、ハイゼオーサにも戻らない」

「本当にあなた、何をしたのよ……」

「それを聞いたらお前の首が飛ぶかもな」

半ば自棄《やけ》になってせせら笑いつつ『首が飛ぶ』の仕草をして見せれば、ヘルガは口を閉じた。ヘルガはお喋り好きだが、線を引くべき箇所はしっかり線を引く。まあ、つまり、賢いのである。

「ま、そういうことなら分かったわ。『ランヴァルド・マグナスは領主様に貸しが一つできたらしいが、それを妬む者に狙われることになった』ってところでいいのね？　お安い御用よ。しっかり噂《うわさ》は流しておいてあげる」

「ああ、ありがとう。実に話が早くて助かる」

更に、賢いヘルガは笑って片目を閉じて見せた。これだから、ランヴァルドはこの『林檎の庭』を好んで使っているのだ！

さて。ひとまず、今後のハイゼオーサでのランヴァルドの評判と名誉を守ることには成功しただろう。ヘルガが情報発信に一役買ってくれれば、妙な誤解を受けることも、ランヴァルドが命を狙われることも、ぐんと減るはずだ。

そんなところで、ランヴァルドは水で割った葡萄酒《ぶどうしゅ》を飲んでいたのだが……。

「それから……ネールちゃんのことは、どうするの？」

ヘルガは、ネールのことが気がかりらしい。『ね』などと言いつつ、ネールの頬を、ふに、と指先でつついている。ネールはヘルガにつつかれるのは然程《さほど》嫌ではないと見えて、ふに、ふに、とつつかれるがまま、しかしその海色の目をランヴァルドに向けて、ふや、と笑いかけてきた。

「こいつは連れていく。了承も得た」

ランヴァルドがそう説明すれば、ネールも『そうだそうだ』というように何度も頷《うなず》いてみせた。

するとヘルガは苦笑しつつ、ランヴァルドを小突く。

「全く……ネールちゃんも居るんだから、あんまり危険なところに首突っ込まないでよね」

「むしろ俺よりこいつの方がそういうのは得意なんだがなあ」

ランヴァルドは半分冗談、そして半分本気でそう言うと、ネールに片眉を上げて笑ってみせた。

「頼りにしてるぜ、ネール」

……するとネールは、それはそれは嬉《うれ》しそうな顔で、うんうんと何度も頷いて、そしてランヴァルドの腕に、きゅ、とくっついてくる。

くっつかれた腕が、温《ぬく》い。その温さが、妙に心地よかった。

*

翌朝。まだ日も出ない内に、ランヴァルドはネールと共にハイゼオーサを発《た》つことにした。

ハイゼオーサの北西に小さな町があるので、そこを経由してそのまま西に突き抜けていく予定だ。

「ったく、次こそはまともに稼ぎたいもんだな……」

ランヴァルドとしては、次こそは稼ぎたい。

魔獣の森で置き去りにされたあの一件では金貨五百枚以上の損失を出しているし、今回、氷晶の洞窟とその奥の古代遺跡では、期待した儲《もう》けが出なかったどころか、非が無いにもかかわらずハイゼル領で危険視されることになってしまった。

次こそは。次こそは金か、はたまた勲章かは賜りたいものである。そして、貴族位を買いたい。貴族になって、自分を殺そうとした生家に一矢報いてやりたい。……だがそれも、いつになることやら。ランヴァルドは深々とため息を吐《つ》く。

「……ま、ネールが居るからな。何とでもなるか」

だからせめて、ネールだけは手放さないようにしなければならない。ネールさえ居れば、稼げる。ネールさえ居れば、武功だって立て放題だろう。

……そうだ。ネールが居る。ネールが居る以上、もしかすると、この一連の不運があっても、赤字ではなくむしろ黒字だったのでは。そう考えることにして、ランヴァルドはまた歩みを進める。こうとでも考えなければやっていられない。全く……。

平原の中を通る街道を歩いていき、少ししたところで休憩を摂《と》ることにした。

どうも、病み上がりの体には体力が戻り切っていないようである。丸々二日寝込んだ挙句、更に翌日も碌《ろく》に動かずに居たのだから、体が鈍りに鈍るのは当然であった。

道の脇、赤や橙《だいだい》色に色づき始めた楓《かえで》の木の下で、『林檎の庭』から貰《もら》ってきたパンとチーズ、それから水で薄めたワインとを腹に納めていく。ヘルガの計らいで、パンには甘い蜂蜜が染み込ませてあった。ネールが目を輝かせて食べるのを見て、ランヴァルドは『次の町で蜂蜜を一瓶買ってやるか……』と検討する。

パンとチーズを食べ終わった後も、少しばかりのんびりと木漏れ日の下に居ることにした。何せ、体が重い。『これは体が戻るまでにまだかかるか』と、ランヴァルドは少々苦い思いでため息を吐いた。氷晶の洞窟での損益に『体力』も含めなければならない。

……そうしてランヴァルドが少し休んでいると、ふと、ランヴァルドの目の前にネールがやってきた。

「ん？　どうした」

そろそろ出発を促されるか、とランヴァルドが顔を上げれば……ふさ。

……ランヴァルドの頭の上に、ふさ、とした何かが載った。それから、ふわり、と草花の香りがする。手で触れてみれば……それは、花冠だった。

改めて頭から退《ど》かしたそれを見てみれば、どこからいつの間に集めてきたのやら、赤い実の実る枝を編み、間にヒースや野菊の花をたっぷりと編み込んだ立派なものであった。

「花冠……作ったのか」

ネールはこくりと頷くと、再びランヴァルドの頭に花冠を載せて、ぱちぱち、と拍手をした。

一瞬、呆気《あっけ》にとられた。だが、ネールがにこにこと満足げにしているのを見つけて、はた、とこの花冠の意味に気づく。

「ああ……『栄光を讃《たた》える』ってか？」

ランヴァルドが聞いてみると、ネールはそうだそうだとばかりに何度も頷いた。どうやら、以前『花冠』の説明をしてやった時に教えてやったことを覚えていたらしい。

……花冠でささやかに讃えられる栄光など、銅貨一枚の価値すら無い。全く金にならず、今後の足掛かりになるでもない。二人きりの表彰式には、何の意味もない。

「ま、今回のところはこれでよしって事にしとくか」

だが……にこにこしているネールを見ていたら、『まあ、仕方ないな』と諦めがついた。勲章も

手に入らず、金貨も手に入らなかったが……まあそれも、仕方ない、と。

そう悪くは無いだろう。大丈夫だ。この先の旅も、きっと上手《うま》くいく。今度こそ、大きく稼げることだろう。何せ……ランヴァルドの傍《そば》には、ネールが居るのだから。

ただ素朴な花冠が頭の上でふさふさ揺れるのを感じながら、ランヴァルドは嬉しそうなネールの頭を撫《な》でてやる。ネールは草原を吹き渡る風に髪の端を揺らして、ほわほわと笑っていた。


それからまた、二人は西へ歩き出す。花冠は『讃えるっていうならお前の功労も讃えなくちゃな』と理由を付けて、ランヴァルドではなくネールの頭に載ることになったが。……流石《さすが》に、成人した男が花冠を頭に載せているわけにもいかないので。

「これから向かうのはステンティール領だ。あそこも中々いい土地だぞ。何せ、魔鋼が採れる鉱山があるからな」

ランヴァルドがこれから向かう地方について教えてやれば、ネールは、ふんふん、と興味深げに頷いた。

「鍛冶が主な産業だ。多分、今は丁度、北部からの注文が相次いでるところだろうしな。まあ、困っている人が居れば助けてやろう」

ネールは、ぴょこぴょこと飛び跳ねるようにして同意を示して、またうきうきとランヴァルドの隣をてくてく歩く。

……まあ、ランヴァルドの言う『困っている人が居れば助けてやろう』は、『困っている奴《やつ》が居たらそれに付け込んで稼げるだけ稼いでやる』というような意味なのだが。

実際、ステンティール領では、稼げる算段がある。魔鋼が採れるとはいえ、そんな場所には当然、魔物も出るのだ。ならば魔物狩りで稼げるだろうし、魔物が増えている鉱山を見つけたら魔物退治で鉱山の所有者から金をせしめてもいい。或《あ》るいは、ほとんど人が入らないような鉱山に潜って、魔鋼そのものをどこかの鍛冶屋にでも売ってやってもいいし、そこで武器を作らせることができれば、それを持って次は北部へ行けばいい。ボロ儲けだ。

「楽しみだな。お前が居れば何とでもなる気がするよ」

……色々あったが、まあ、金貨五百枚を取り戻すのは簡単だ。何せ、ネールが居るのだから。ランヴァルドがにやりと呟《つぶや》けば、ネールもまた、にこにこと楽し気に頷いた。

ランヴァルドとネール、それぞれが想像しているものは恐らく、大分ずれているのだが……まあ、二人とも、楽し気であることには、変わりがない。

＊＊＊

冬の気配が近づく、秋のことだった。

「ああ。金貨五百枚分の武具を金貨百枚足らずで買えたんだから、随分な儲けだったよ」

大量の武器を倉庫に納め終えた男は、目を細めて貴婦人に笑いかける。

その目は蛍石の如《ごと》き緑。きちんと手入れされた黒髪は長く、編まれて背に掛かっている。着ている服も、上等なものだ。……傍目《はため》には、品のいい、上流階級の人間にも見える。

「いい商売だった。やっぱり、根が甘い奴相手にする商売は楽でいいね。奴らは簡単に人を信じる。信用できない護衛だって信用してしまうんだから」

……だが、その笑みは上品でありながら、残忍である。

「ランヴァルドは死んだからな。もう遠慮してやる必要も無い。……ああ、まあ、そういう名前の馬鹿な商人が一人、居たのさ」

男は魔獣の森の真ん中で死んだはずの、目障りな旅商人のことを思い出す。

貴族の出だ、と言っていたことがあった。なのに、その家を逃げ出してきた、と。

……大方、自由に憧れただとか、束縛の強い貴族社会に嫌気が差しただとか、どうせそんな理由だったのだろう。全く、贅沢《ぜいたく》なことだ、と男は思う。

……まあ、どんなクズでも、死んでしまえばそれで終わりだ。不快なことはもう何も無い。

男は如何《いか》にも人のよさそうな笑みを浮かべて、隣の貴婦人に告げた。

「さて。そろそろステンティールが大きく動く。……領主が替わっても、貴女《あなた》は僕の隣にいてくれる?」

男の言葉に、貴婦人はうっとりと頷く。男はそんな貴婦人を抱きしめ、その耳元で愛を囁《ささや》くのだ。

……だが、その蛍石の如き瞳が宿しているものは、愛などではない。嘲笑と、軽蔑と……憎悪だ。

『貴族なんて、どいつもこいつも馬鹿ばっかりだな』と。

おまけ　ケーキと食卓、あと噂話

ランヴァルドが『情報収集』とやらで出かけてしまって、ネールは一人お留守番になった。だが、そこにヘルガが来てくれたものだから、さっきからネールは楽しく……そして、真剣に過ごしている。

「……で、ちょっと思ったんだけれど、ランヴァルドって変わった容姿してるわよね。北部出身だっていう割にはそこまで身長高くないじゃない？」

そう。ヘルガの話を、ネールは真剣に聞く。だって、ランヴァルドの話だから！　聞かないわけにはいかないのだ！

「あっ、あんまりそういうかんじ、しない？　あれはね、そんなに大きくないわよ。ネールちゃんは北部の方、あんまり行ったことないのかな。北部の男連中って、本当にでっかいんだから！」

ヘルガは『あれくらい！　あの、ドア枠に頭のてっぺんがつくくらい！』と説明してくれる。ヘルガの話はランヴァルド以外に及ぶことも多いが、それもまた楽しい。ヘルガは物知りだ。ランヴァルドと仲良しなだけのことはある。

「なんかね、生き物って人間に限らず、寒い方が大きくなりやすいんですって。だから、熊とかも北部に出る奴《やつ》の方が大きいらしいわ。大きい方が体温を保ちやすいとかなんとか……まあ、ランヴァルドの受け売りだけど」

ほう、とネールは頷《うなず》く。……知らないことを知るのは楽しいことだ。ヘルガの話は、とても勉強になる。ネールが知らない、広い世界のことが沢山出てくるのだ！

「北部人は髪の色が明るいこと、多いのよね。金髪も、ネールちゃんみたいに色の濃い金髪じゃなくて、もっと淡くて銀に近いような人も多いし……こう、麦藁《むぎわら》っていうより、麻くずってかんじの」

麻くず、と言われて、ネールは頷く。麻の繊維が、ほわほわふかふか柔らかな塊になっているのは見たことがある。ネールの母も、麻の収穫期になると麻から繊維を採って、糸を紡いでいた。

「その点、ランヴァルドは黒髪だものねえ。瞳も藍色。余計に北部人としては珍しいんじゃないかしら。あれかな、お父様かお母様か、どっちかが元々北部の人じゃなかったのかもね」

ネールはちょっと想像してみる。ランヴァルドに似たお父さんお母さんの姿を。……お母さん似なのだとしたら、多分、ランヴァルドのお母さんは美人さんだ！

「えーと、ネールちゃんは南の方の出、なのかな？」

ネールはちょっと考えて、うん、と曖昧に頷く。

……ネールは、自分がかつてどこに住んでいたのか知らない。自分が居た村の名前はちょっと憶《おぼ》えているような気もするのだが、それが南部だったのか中部だったのか北部だったのか、そんなことまで覚えていないのだ。

無理もない。ネールの居た村が滅びてしまった時、ネールは今よりもっと小さかった。自分が住む場所が世界の全てだったのだから、『自分が居る場所が世界のどこにあるか』なんて気にしたことも無かった！

「あー、そっか、よく分かってないかんじ？　うんうん……成程ね」

ヘルガはネールの曖昧な頷き方もちゃんと見ていてくれて、ちゃんと意味を拾い上げてくれる。ネールは嬉《うれ》しくなって何度も頷いた。

「じゃあ、ランヴァルドと一緒に居るといいかもね。あいつ、旅商人でしょう。南から北まで、国中あちこち巡り巡ってるもの。一緒に居たら、いつかネールちゃんが居た所がどこだったかも分かるかもね」

……ヘルガの言葉を聞いて、ネールは瞳を輝かせる。ランヴァルドに付いていきたいなあと思ってはいたが、そこに更に良いことが付いてくるとは！

「うーん、まあ、ネールちゃんみたいに濃い金髪に深い青のお目目だと、南の方のような気はするけどね。んー……」

ネールが自分の故郷のことをちょっぴり思い出している間に、ヘルガはネールの頬をつついたり、ネールの手首に指を回して太さを測ったりして……そして、唐突に言った。

「でも、何よりもあなた、やっぱりちょっと痩せすぎ！」

えっ、とネールがびっくりする中、ヘルガは勇ましく立ち上がり、『痩せすぎ！』と宣言したのである！　一体、何事であろうか！

「もう、ランヴァルドはちゃんとあなたに食べさせてる？　いつもちゃんとお腹《なか》いっぱいになってる？」

ネールは慌てて、うんうん、と頷く。実際、ランヴァルドに拾ってもらってからずっと、お腹いっぱい食べられる日が続いている。それも、森の草や木の根っこではなく、甘いミルクやふわふわパン、それにケーキまで！　びっくりするほど美味《おい》しいものばかり食べさせてもらっているのだ！

ネールが痩せっぽちだからといって、ランヴァルドが疑われるようなことがあってはならない。どう弁明したらいいだろう、とネールはまごまご考えて……。

「ということで、ネールちゃん。おやつにしましょ。うん。そうだわ。おやつを逃す手は無いもの」

ヘルガが真剣にそう持ち掛けてきたので、ネールは首を傾《かし》げた。

おやつ、とは、一体。

所変わって、『林檎《りんご》の庭』の食堂の裏。調理場にネールは連れてこられた。

煉瓦壁《れんがへき》の室内。いくつかの竈《かまど》。煮炊きの為《ため》の大きな鍋がいくつもあり、パンなどを焼くためのオーブンもあるようだ。

なんだか物珍しくて、ネールはきょろきょろと調理場の中を見回す。

……が、棚を漁《あさ》るヘルガは、何やら渋い顔である。

「んー……参ったわね。焼いておいたクッキー、食べ尽くされたわ」

大きな陶器のジャーの中を『ほらね』と見せてくれるが……そこには何も入っていない。

「昨日のチーズケーキもおかげ様で完売しちゃったのよね……」

ヘルガの言う『チーズケーキ』は大変に美味しかった。ネールは思い出して、ちょっとだけうっとりした。

「ま、しょうがないわ。無ければ作ればいいのよ！」

一方のヘルガは、なんとも勇ましくそう宣言すると、袖を捲《まく》って早速、調理台の前に立つ。ネールはよく分からないながらも、ぱちぱちと小さく拍手した。

「今夜の仕込みも兼ねて……何にしようかなあ」

ヘルガは調理場の棚を見て、『食材はこれとこれと……』と何やら考えているようだ。ネールは少しそわそわしつつ、ここを出た方がいいか、少し迷う。

ヘルガはこれから何かするようだし、ここにネールが居たら邪魔になってしまうかもしれない。ヘルガの邪魔はしたくない。何をするのかは、気になるけれど……。

……だが、ヘルガはくるり、とネールを振り返ると、にっ、と笑って言うのだ。

あった！

「……ねえ、ネールちゃん。折角だし、一緒に作ってみない？」

ネールはびっくりして、咄嗟《とっさ》に返事ができなかった。

だが……ちょっとしたら、もう大丈夫！　ネールは満面の笑みで、こくこくと頷いて返したのであった！

「さて。じゃあ今晩、食堂で出すデザートは『林檎の庭』のケーキにしましょう。準備はいい？」

ヘルガの問いかけに、ネールは勇ましく頷く。

ヘルガが貸してくれたエプロンと三角巾は、ネールには少し大きい。だが、それらを身に着けたネールは、まるで鎧兜《よろいかぶと》を身に着けた騎士の如《ごと》く、勇気いっぱいな様子である。

どきどきする。わくわくする。未知への挑戦は、いつだって大冒険だ。

……そう。ネールはこれから、生まれて初めてお菓子を作るのである！

「まずは林檎。うちの庭で採れたのよ。これを早速剝《む》いていきましょうか。……できそう？　よし。ならお願いするわ」

最初にネールは、ヘルガから小さなナイフと林檎を受け取った。

林檎の剝き方は知っている。ネールの母が、かつて食卓で林檎を剝いてくれたのをなんとなく覚えているから、ネールも魔獣の森で何度かやっていた。

「……変わった剝き方だけど、上手ねえ」

褒められてネールは嬉しい。ネールにもできることがあるのだ！……尤《もっと》も、ネールが器用に、かつ躊躇《ためら》いなくナイフを動かすのを見て、ヘルガは何か思うところがあるのか複雑そうな顔をしていたが。

ネールが剝いた林檎はヘルガが薄切りにしていって、そしてそれらは軽く鍋で煮られていく。

……これはネールにとって初めてのことだ。かつて母がやっていたかもしれないが、よく覚えていない。ただ、煮られて段々透き通っていく林檎を見るのは好きだな、と、ネールは思った。

ヘルガは林檎を煮る傍ら、器用にもう一つ鍋を出して、そこでくつくつと砂糖を煮ていた。甘く香ばしい香りがしてきたら鍋を火から下ろして……その透き通った琥珀《こはく》色の、とろりとした砂糖蜜をケーキ型へと流し込んでいくのだ！

きらきらして、とろりとして、透き通って、とても綺麗《きれい》。しかもとってもいい匂い。

「あ、駄目よ、触っちゃ！　これ、すっごく熱いんだから！　火傷《やけど》しちゃう！」

思わず手を伸ばしかけたネールは、慌てて指をひっこめた。……こんなに綺麗で美味しそうなのに、触ったら火傷してしまうとは！　びっくりだ！

「じゃあネールちゃんは型の中に煮えた林檎を並べて頂戴ね。こうやって並べるとお花みたいで綺麗なの。……まあ、うちの客はケーキの見た目なんて気にしないのばっかりだけど……」

カラメルを恐々《こわごわ》見つめつつ、ネールはヘルガに託された別の任務に取り掛かる。慎重に、しかし慣れてきたら素早く作業を進めていく。……お菓子作りというものは、狩りより難しいかもしれない。

それから、ネールはヘルガと一緒にケーキ生地なるものを作っていった。

卵を割りほぐして泡立てたり。そこにお砂糖を加えていったり、粉を加えていったり。仕上げに蕩《とろ》けたバターを混ぜ込んで完成だ。

……楽しい。

何せ、ネールにとって初めての試みだ。卵を割ったことくらいはあった気がするが、それを混ぜたり泡立てたり、粉を振るったり……そういうのは、やったことが無かった。

……ここ最近、ネールは慣れない物事に挑戦してばかりだ。町を歩くのも、買い物を眺めるのも、人に話しかけられるのも……こうして歓迎されながらお宿に入ることだって。全てがネールにとっては新鮮だ。それでいて、楽しい。

「ネールちゃん、あなた、中々筋がいいじゃない。いよいようちの子にしたくなってきたわ」

それから……こうして人に笑いかけられ、褒められるようになったのもここ最近のことだ。慣れないことだらけで、ネールはまだちょっぴり困惑している。もしかしたら全部夢なんじゃないかと思うこともあるのだが……。

ああ、ランヴァルドと出会ってから、ネールの生活は随分と変わった。勿論《もちろん》、良い方に向かって！


「よし。じゃあ後は、オーブンの火加減を見ながらじっくり焼き上げて完成よ」

そうして、無事にケーキ型がオーブンの中に入った。ヘルガは慎重にケーキの様子を見ながら、オーブンに薪《まき》を入れていく。

……尚《なお》、オーブンに入っているケーキ型は一つ二つではない。ヘルガ曰《いわ》く、『食堂にくるお客さん全員に出してたら、私達《たち》のおやつまで残らないわよ！』ということだった。成程。お宿の看板娘も大変そうだ。

ふと、オーブンからふわりと漂ってきた甘い香りにネールは表情を綻ばせる。

「……いい匂いでしょ」

そしてヘルガが横から笑顔を向けてきていたので、ネールはこくんと頷く。いい匂いだ。とても。

「いいわよね。この、オーブンでお菓子が焼き上がるのを待ってる間って、なんとも幸せで！」

ヘルガは笑い声を上げると、調理場の片隅に置いてあったスツールを二つ持って戻ってきて、オーブンの前に座った。もう一つのスツールを勧められたネールも、ヘルガと並んでオーブンの前に座る。

「じゃ、もうちょっとここでお喋《しゃべ》りしましょ。よかったわ、ネールちゃんが居てくれて。焼いてる聞って、幸せなんだけど、どうにも暇で……」

オーブンの火のぬくもりに手を翳《かざ》しつつ、ヘルガはまた、ネールとのお喋りをしてくれるらしい。

ネールもまた、ヘルガの真似《まね》をして手を翳しながらヘルガの話を聞き始める。

「じゃ、ランヴァルドが二人の女の子から迫られていた時の話なんだけど……」

……ヘルガの話は、とても興味深い！　ネールは一言も聞き漏らすまいと、真剣に聞き入った！


「さあ、できたわよ」

しばらくヘルガの話を聞いたら、オーブンの中ではケーキが焼き上がっていた。それらを慎重に取り出して、棚へと移動させていく。このまま寝かせておいて、宿の食堂の夕食に出すようだ。

……だが、ケーキ型のうちの一つは、卓の上にある。

「夕方まで寝かせておいた方がしっとり美味しいんだけれど、焼き立ては焼き立てで美味しいのよね……ふふふ」

ヘルガはケーキ型の底を少しお湯で温めて、それから皿の上に型をひっくり返し……型を外せば、そこにはつやつやのカラメルと花のように広がる林檎が美しい、焼き立てのケーキが現れたのである！

ヘルガはてきぱきとケーキを切り、二切れを取り分けた。……ネールには分かる。あれは、ヘルガの分と、ネールの分だ！

「部屋に持っていくまでの間に父さん辺りに見つかると面倒だし……ここで食べちゃいましょ」

ヘルガは調理台の傍《そば》にオーブン前のスツールを持ってきて、早速座る。ネールも隣に座ると、ネールの前にケーキの皿とフォークとが供された。

そうして早速、ヘルガは皿の上のケーキを口へと運ぶ。ネールはただ、じっと見守る。ヘルガの口が動き、その口が、ふにゅ、と綻び……。

「うん！　いい出来だわ！　さあ、ネールちゃんも食べてみて！」

ヘルガがにっこり笑って勧めてくれるので、ネールも恐る恐る、ケーキをつつきはじめる。生まれて初めて、お手伝いして焼いたケーキだ。どんな味なんだろう。ネールはどきどきしながら、そっとフォークを口へ運び……。

……ああ！　おいしい！

「どう？　美味しい？……あは、その顔を見る限り、美味しいみたいね！　よかった！」

嬉しそうな顔を向けてくれるヘルガにこくこくと頷いて、ネールはもう一口、もう一口、とケーキを食べ進めていく。

林檎の甘酸っぱさとカラメルの甘苦さがなんともいい。ケーキは甘くて、ふわふわして……とっても美味しい！

魔獣の森の中で食べた葡萄《ぶどう》や林檎も美味しかったけれど、ケーキはまた格別な美味しさだ！　特に、自分がお手伝いして焼き上がったケーキは、また格別！

「本当はちょっと寝かせてからの方が美味しいんだけどね。でもまあ、そっちは夕食の時にまた食べるでしょ？」

しかもこのケーキ、夕ご飯の時にまた食べられるらしい！　そんなこと、あってよいのだろうか！

「そうだ。折角だし、ランヴァルドにも食べさせましょうよ」

更にこのケーキ、ランヴァルドにも食べてもらえるらしい！　ネールは只々《ただただ》衝撃を受けている！

「ね？　ネールちゃんが作ったって知ったら、きっとあいつ驚くわ」

……かくして、ネールは驚きと幸せと美味しさですっかり飽和してしまった状態で、ただ、こく、と頷くしかなかったのである。

それからヘルガと調理場を片付けて、部屋に連れて行ってもらって、そしてヘルガが『そろそろ行かなきゃ』と部屋を出ていった後も、ほけらん、としていたネールであった。

だって、だって……あんまりにも、初めてのことが多すぎて！


……それから夕方になって、ランヴァルドが戻ってきた。

その頃には少し落ち着いていたネールであったので、ランヴァルドを出迎えて、一緒に食事を摂《と》りに食堂へ向かい、昨日同様に美味しいご飯をたくさん食べて……。

「さあお待たせ。本日のメインディッシュと言っても過言ではないデザートの登場よ！」

ヘルガが意気揚々とやって来たのを、ネールは緊張しながら待ち受ける。

「さあどうぞ！　特別なケーキよ！」

「……ここでよく出てくるケーキだろ？」

ヘルガが卓に置いたケーキの皿を見て、ランヴァルドは訝《いぶか》しげな顔をする。だが、ヘルガはそれにより一層笑みを深めた。

「今日のは一味違うのよ。なんてったって、ネールちゃんが一緒に作ってくれたんだから！」

ヘルガの堂々たる発表を聞いたランヴァルドは『こいつ、俺が居ない間にそんなことを……』と呆《あき》れと感心半々くらいの顔をしている。ネールは只々、ドキドキしている！

ランヴァルドは早速フォークを手に取り、カラメルの艶が美しいケーキを切り分け……口に運ぶ。

「……どう？」

ネールとヘルガは、固唾を呑《の》んでランヴァルドを見つめた。……ネールが只々ランヴァルドの様子を見ているのに対し、ヘルガは『下手なこと言ってみなさい。後悔することになるわよ！』という目で見ていたが。

ランヴァルドは二人の視線になんとも居心地の悪そうな顔をしていたが、一口ケーキを食べ終えて、ネールに笑いかけてくれた。

「……ああ、美味《うま》いよ」

……よかった！　ネールは詰めていた息を吐き出して、椅子にへたりこんだ。ああ、ああ、もし美味しくなかったらどうしようと思っていたのだ！　ランヴァルドが美味しいと言ってくれて、本当に良かった！

「ネールちゃん！　やったね！」

ヘルガがにっこり笑いかけてくれるのに、ネールも、ふや、と笑い返す。

……ああ、幸せ！

それからネールもケーキを食べる。少し寝かせたケーキは、昼に食べた頃よりもしっとりとして、成程、確かにこれは美味しい。

ヘルガもちゃっかり卓にやってきて、一緒にケーキを食べ始める。『おいしい！』と幸せそうな顔のヘルガを見て、ネールは自分がお手伝いした甲斐《かい》があったのでは、とまた少し嬉しくなる。

……幸せだなあ、とネールは思った。ヘルガが居て、ランヴァルドが居て、皆で食後のケーキを食べている。それも、ネールがお手伝いして作ったケーキだ。

なんとなく、かつて自分にも居た家族のことを思い出す。ここに居る人達はネールの家族ではない。けれど……大好き！

ずっとこうだったらいいなあ、とネールはちょっとだけ思った。ずっと……いや、偶《たま》にでいいから、時々でいいから、こうだったらいいなあ、と。

……そういうわけで、その日、ネールは夜寝る時までずっと、にこにこご機嫌であった。

ああ、寂しくないというのは、よいものだ！

おまけ　言葉をくれた人へ

ランヴァルドが、起きない。もう半日が経《た》っているのに、ランヴァルドは目を覚まさないのだ。あの寒い寒い洞窟から、ネールを救い出して……そのせいでランヴァルドは、今、寝台の上で眠っている。

ネールはそんなランヴァルドを、ずっと、見ている。

町に戻って来た時、ランヴァルドはもう、限界だった。……いや、違う。本当は、そうなる前から……あの洞窟の奥深くから出てくるよりもっと前に、限界は来ていたのだろう。

無理に無理を重ねて、ランヴァルドは戻ってきた。そして、ランヴァルドは気高くも、自分の休憩よりも領主様への報告を優先したのだ。

……でも、結局、倒れてしまった。

謁見の間へ這《は》うようにして辿《たど》り着いたランヴァルドは、『氷晶の洞窟の魔物を倒しました。あの洞窟は危険です。洞窟の奥が古代遺跡に繋《つな》がっており……最奥にあった古代魔法の装置は停止させましたが、あれは国全体を滅ぼしかねないものでした』と一息に報告するや否や、その場に倒れて意識を失ってしまったのだ。

それからは慌てる領主様の指示で、多くの人が動いて……ランヴァルドは広いお部屋の大きなベッドに寝かされて……今に至る。

ランヴァルドはまだ、目を覚まさない。お医者様は、『過度の疲労と魔力の消耗によるものでしょう』と言っていた。疲労はともかく、魔力は時間をかけてゆっくり回復させるものだから、目覚めるのも時間がかかるかも、と。或《ある》いは……二度と目を覚まさないかもしれない、とも、言っていた。そう、お医者様が廊下で話しているのを、ネールは耳聡《みみざと》くも聞いてしまったのである。

だから……ネールはランヴァルドの傍《そば》にいる。今にも死んでしまうのではないか、という程静かに眠るランヴァルドを、じっと、見つめ続けているのだ。

ごく僅かな呼吸も、弱く脈打つ心臓も……僅かな命の証拠を、少しでも目にしていたくて。

ランヴァルドを見つめながら、ネールは考える。

……ネールが居なければ、ランヴァルドはこうならずに済んだはずだ。ランヴァルドはネールが居たせいで、無理をした。ネールが居なければ、ランヴァルドはあの寒い洞窟から、すぐに出られたはずなのに。

そう思っていたら、視界が滲《にじ》んできた。

あれ、と思っている間に、みるみる目元が熱くなってきて……ぽた、と、涙が落ちてくる。

泣いていては駄目だ。ネールは慌てて、袖で涙を拭う。泣く子供は面倒で、厄介なのだ。ネールはそれをよく知っている。ランヴァルドだってきっと、ネールが泣いていたら嫌に思うだろう。

だけれど……ああ、もし、このまま、ランヴァルドの目が覚めなかったら？　ネールのせいで、ランヴァルドが死んでしまったら？

考えれば考える程、不安が押し寄せてくる。押し寄せてきた不安は涙になって、どんどん溢《あふ》れ出てきてしまうのだ。

……ああ、これは良くない。ネールは慌てて、ランヴァルドが眠る部屋を出る。ちゃんと、元に戻ってからランヴァルドの隣に行こう、と決めて。

廊下に出たネールは、特に意味もなく建物の中をうろうろ歩き回る。……ネールがとぼとぼと歩き回っていても、兵隊さんはネールを捕まえようとしなかった。それどころか、『元気を出しな』と、飴《あめ》をくれた。

貰《もら》った飴を手に、尚《なお》もネールが歩き回っていると……ふと、ランヴァルドの部屋の前に、カートを押したメイドさんが来ているのを見つけた。同時に、メイドさんもまた、ネールのことを見つけたらしい。

「あら、お嬢ちゃん。あなた、酷《ひど》い顔よ。大丈夫？」

優しいメイドさんは、ネールの前へやってくるとしゃがみこんで、綺麗《きれい》な真っ白いエプロンの端で、ネールの目元を拭ってくれた。それが優しくて、なんだか、昔、お母さんにそうしてもらった記憶がぼんやりと思い起こされて……ネールは余計に悲しくなってきてしまう。

「ああ……ほら、元気を出して。あなたがそんなんじゃ、お父さんが起きた時、心配するわよ」

……が、メイドさんがそんなことを言うので、ネールは首をかしげてしまう。……ランヴァルドは、お父さん、ではないのだけれど。

「え？　あら……お兄さんだった？」

お兄さん、でもない。ネールは首を横に振る。するとメイドさんは『何か訳ありなのね……』ととりあえず何かに納得してくれたらしい。

そしてネールも、少し落ち着いた。……そうだ。ネールがこんなのでは、ランヴァルドが起きた時に迷惑をかけてしまう。それは、よくない。

「丁度、食事を持ってきたのよ。お嬢ちゃん、お部屋で食べる？」

ネールは食欲なんて無かったけれど、こくん、と頷《うなず》いた。

食べて、元気でいなくては。ランヴァルドがいつ起きてもいいように。

そうして、ネールは心配しながらも努めて元気に、ランヴァルドが起きるのを待っていた。……その間、メイドさん達《たち》や兵隊さん達が、何かとネールのことを気遣ってくれた。飴をくれたり、話しかけてくれたり、着替えを用意してくれたり、ごはんをくれたり……。

そうしてネールがランヴァルドを心配しながら過ごして、二日。

また建物の中をうろうろしていたネールは、部屋に戻って……そこで、起きているランヴァルドを見つけてびっくりしたのである！

ランヴァルドが、ベッドの中から『ネール』と呼んでくれたのを聞いて、ネールはすぐに飛んでいく。

……生きてる。ランヴァルドが、ちゃんと、生きてる。

ネールはランヴァルドの頬に触れ、額に触れて、これが夢じゃないのだということを確認した。それから、ランヴァルドの手を握って、また確認する。……ランヴァルドはそんなネールを見て、ほっとしたような顔をしていた。

「体調は、どうだ」

ランヴァルドの体調の方が心配なのに、ランヴァルドはネールの心配をしているらしい。ああ、二日も寝ていた人に心配されるなんて！

……それからネールは、『あなたは二日も寝ていたんですよ』ということを伝えた。だからあなたの方がよっぽど心配なんですよ、と。

だというのに……ランヴァルドは『領主様にお目通りしなくては。それで、報告を』などと言いながら、ベッドから出ようとするのである！

ネールは慌ててランヴァルドをベッドにしまおうとしたのだが、『お前からじゃ、報告できないだろ』と言われてしまってはどうすることもできない。

……ああ、ネールが喋《しゃべ》れたら、ランヴァルドに無理をさせることなんて、なかったのに。

ネールはしょんぼりとしながら、ランヴァルドについていく。もしランヴァルドに何かあったら、ネールがちゃんとランヴァルドを守らなければ、と思いながら。尤《もっと》も、このお屋敷の中で、そんなこと、あるはずが無いのだけれど……。


……そうして。

ランヴァルドは領主様に、ちゃんと『報告』をした。

ネールも、ランヴァルドの説明をちゃんと聞いていた。いくつか分からない言葉があったけれど、大体は分かった。

……あの場に居たネールも、あれが何だったのかよく分からなかった。ランヴァルドは『古代魔法の装置』と言っていた。古代魔法、というものが何なのかはよく分からないけれど……少し懐かしいかんじがしたのは、あれが古いものだったからだろうか。

それから……領主様が『ランヴァルドの活躍を公にすることができない』『約束していた白刃勲章を別の形で補わせてほしい』というようなことを言ったのも、分かった。

理由はよく分からないけれど、ランヴァルドがあんなに頑張ったのに、不当に扱われているのだということだけは、ネールにも分かった。

……だからネールは、怒ったのだ。あの場で……領主を殺してしまっても、よかった。ランヴァルドがそう望むなら、いつでも、ネールはナイフを抜くつもりだった。

でもランヴァルドはそうさせなかった。ただネールに『座っていなさい』と言った時、ランヴァルドが……ひどく疲れて、何もかも諦めたような顔をしていたから、ネールはそれ以上、何もできなかった。

……謁見が終わって、ランヴァルドはまた、眠りに就いた。

そんなランヴァルドを見つめながら、ネールは考える。でも、考えても、考えても……どうすればよかったのか、ネールには分からない。

ネールがもっと、色々なことができたなら。ランヴァルドみたいに賢くて、色々なことを知っていたら……ランヴァルドをこんな目に遭わせずに済んだのだろう。でも、ネールには何もできない。ランヴァルドはネールのせいで、死にかけるような目に遭っているのに。ネールは、ランヴァルドに何もしてあげられない。

だからせめて……眠るランヴァルドが魘《うな》されている間、ネールはランヴァルドの傍にいることにした。いつかお母さんがそうしてくれたように、胸の辺りをぽふぽふと軽く叩《たた》きながら。

……それから、ランヴァルドが魘されて、『さむい』と言えば、ちょっと迷ってからベッドの中へ潜り込んだ。これをやったらランヴァルドに怒られてしまう気がするけれど、多分、ランヴァルドが起きる前にベッドを出れば怒られない。それに、ネールが怒られたっていいのだ。今、夢の中で寒い思いをしているらしいランヴァルドが、少しでも温まってくれるのなら……。

……と思っていたのに、いつの間にかネールはランヴァルドの横で眠ってしまったらしくて、ランヴァルドのベッドに入っているところをランヴァルドに見つかってしまった。最早《もはや》これまでである。ネールは覚悟した。

……が、ランヴァルドはそんなに怒ることもなく、ただ、『風邪がうつる』とネールを部屋から追い出した。なのでネールはまた、できることが無くなってしまった！

ああ、何かしたいのに。ランヴァルドの為《ため》にできることがあるなら、何だってしたいのに！　助けてもらって、そのせいでランヴァルドは今、寝込んでいるのに、それを謝るどころか助けてもらったお礼を言うことすらできていないというのに！

……ネールが喋れたら、上手《うま》くいっていたのだろうか。

ネールが喋れたら、領主様に文句を言えていただろうし、カルカウッドの人達とも仲良くできたかもしれないし……ランヴァルドに、『置いていっていいよ』と伝えることができただろうに。

ネールが言葉を伝える術《すべ》を持たないから……。

……ふと、ネールは気づいた。

ネールは喋れないから……だから、ランヴァルドはネールに、文字を教えてくれたではないか、と。

そうだ。文字がある。

ネールには、ランヴァルドから教えてもらった文字が……自分の言葉を、誰かに伝えるための手段があるのだ！


決意したネールは、行動が早かった。

まず、ネールは慌ただしくお屋敷の中を駆け回った。ここ二日で顔見知りになったおじさん（多分、ちょっと偉い人だと思う。）が、丁度、紙を沢山持っていたので、それをねだった。おじさんは、『これは大事な書類だからね、ちょっとあげられないんだが……』と言っていたのだが、ネールが『なら仕方ない』と諦めるより先に、おじさんは『紙が欲しいならこれをあげよう』と、小さな紙きれを何枚かくれた。どうやら、書き損じのインクの付いていないところを千切ってくれたらしい。ネールにはお礼を言う声が無いので、その分、笑顔でお辞儀をした。こういうのも、ランヴァルドが教えてくれたことだ。おじさんは『礼儀正しい子だねえ』と褒めてくれた！

続いて、ネールはペンを探す。

……ペンのことは、知っている。鳥の羽だ。鳥の羽の軸の先をちょっと削れば、ペンができる。

ネールはそれを知っているのだ。

ということで、中庭に出て、鳥の羽を探す。お外なら一枚くらい、鳥の羽があるものなのだ。

……だが、中々見つからない。何せ、このお庭はあんまりにも綺麗で……庭師さん達がちゃんと掃除してしまうものだから、余計な鳥の羽なんて、落ちていないのだった！

ならばお屋敷の外に出るか、とネールが思案していると、そこへ通りかかったメイドさんが、『あら、どうしたの？』と声をかけてくれた。

なのでネールは、地面に鳥の羽の絵を描いてみせた。『これがほしいの！』と存分に主張して。

すると、メイドさんは難しい顔で絵を見つめて考え込んでしまったので……ネールは頑張って、『はね』と文字を書いた。多分、合っていたと思う。

メイドさんにもこれでようやく伝わったらしい。メイドさんはちょっと行って……そして戻って来たら、真っ白な鳥の羽を一枚、くれた。『裏手の鶏小屋から貰ってきたわ。これでいいかしら？』とのことであった。

成程、鶏は盲点だった！　ネールはメイドさんにも笑顔でお辞儀して……庭先でナイフを出して、そのまま、羽の先を削り始めることにした。

上手にペンが作れるといいのだが！

さて。こうして、紙とペンができたので、後はインクが欲しい。

泥水……だと駄目だろうか。ネールは、木の実を潰した汁をインク代わりにお絵かきしたことがあるが、庭には潰してもいい木の実はあるだろうか。

きょろ、と辺りを見回していると……中庭沿いの回廊の途中に、すっかり顔見知りになってしまった兵隊さんが、荷物を落としてわたわたしているところを見つけた。木箱を沢山抱えているのだが、積み重ねた木箱の一番上のやつが落ちてしまったらしい。

困っている人がいるなら、助けねば。ネールはすぐに駆けていって、兵隊さんが荷物を拾うのを手伝った。木箱の中に入っていたものは、どうやらガラクタの類であったようだ。巻いた紙だったり、古い燭台《しょくだい》だったり……。

それらを拾い集めて木箱の中へ戻せば、彼は『ありがとうなあ、助かるよ』と言って、ついでに飴をくれた。……何故《なぜ》か、行き会う兵隊さんは全員飴をくれるのだが、何故だろう。ネールはそろそろ飴屋さんになれそうである。

飴はさておき、ネールはインクを探さなければならない。持っていたペンと紙を手に、ネールはまた、インク探しを始め……。

……そこで兵隊さんが、『おや？　何か書き物でもするのかな？』と声をかけてくれた。ネールがこくんと頷くと、兵隊さんはネールの持ち物を見て……ふむ、と首を傾《かし》げ、ごそごそ、と二段目の木箱を漁《あさ》って、中から小さな瓶を取り出して、はい、とネールに差し出してくれた。……くれるらしい。

ネールは不思議に思いながらその小瓶を受け取って……びっくりした！　なんと、それはインクの瓶だったのだ！

ネールがびっくりしながら瓶を見つめていると、兵隊さんは笑って、『もう古くなっているものだから捨てるんだ。もしよかったらあげるよ。中でちょっと固まってるかもしれないが、振ってやればまあ、使えないこともないだろう』と言ってくれた。……ネールは嬉《うれ》しくて、また、満面の笑みでお辞儀をするのだった！

さて。準備は整った。

ネールはネールのために貸してもらっているお部屋の中で、書き物を始める。

そう。書き始めた。ネールが伝えたいことを。

……声を出せなくなってしまってから、誰かに言葉を伝えようとするのは初めてのことだ。……唯一、ランヴァルドに名前を聞かれて、『ネール』と炉端に書いて伝えたことはあったけれど。

そういえば、ネールは本当は、『ネール』ではない。『ネレイア・リンド』というのがネールの名前だ。そっちは長いから、ランヴァルドに文字を教えてもらうまで書けなかったけれど、今なら書ける。

それから……ランヴァルドが領主様と話していた中で、ランヴァルドの名前がちらり、と出てきた気がする。『ランヴァルド・マグナス・ファ……なんとか』だったと思う。

……それも、聞きたい。領主様にその名前を呼ばれた時、ランヴァルドはなんだか……悔しそうな、悲しそうな、そんな顔をしていたから。誰かに、何か、話したいように見えたから。

……見間違いだっただろうか。ランヴァルドは、ネールには話したくないかもしれない。

でも、もし、ランヴァルドがネールに話してもいいと思ってくれるなら……ネールは、それを聞きたい。

だから、書く。一文字一文字、丁寧に、書く。

ランヴァルドに教えてもらった文字で、ネールの言葉を、書いていくのだ。

そうして出来上がった紙片を見て、ネールはなんだか不思議な気持ちになった。

……ネールが考えた言葉が、並んでいる。長い文章じゃないし、たくさんは書けなかったけれど。

でも、ネール以外の人が見ても伝わる言葉が、そこに並んでいる。

ネールの言葉がネールの頭の外に出て、並んでいるのだ。

ずっとずっと、言いたいことを言えずに、誰ともお喋りできずに、一人ぼっちで居たネールが。

やっと、言葉を外に出すことができた。

……嬉しい！

たまらず、ネールはその場でぴょこぴょこ跳ねてしまう。お行儀は悪い。でも仕方がない。こんなにも嬉しいんだから！

ああ、他に何を書こうか。ランヴァルドに伝えたいこと、聞きたいこと、沢山ある。でも、ランヴァルドから聞いた後、お返事を書くために紙を取っておいた方がいいだろうか。

……ネールがそう考えていると、ふと、隣の部屋からベルの音が聞こえてきた。

ランヴァルドが起きたらしい。

ネールは慌てて、ランヴァルドの部屋へ向かう。ついさっき書き上げた紙片を持っていくことは忘れない。

ランヴァルドはまた、『いや、呼んだのはお前じゃないんだが……』と困ってしまうかもしれない。でも、ネールは彼が目覚めた真っ先に、『ありがとう』って、ちゃんと、伝えに行きたい。

そして……ランヴァルドが、初めて出会ったあの日、ネールに名前を聞いてくれたように。今度は、彼の本当の名前をネールが聞くのだ。

そうだ。ネールの方から、お喋りするのだ。お喋りできるのだ。ランヴァルドが、ネールに文字をくれたから！

……そうしてネールはランヴァルドとお喋りした。

ネールが文字を書くことはほとんど無かったけれど。だって、ランヴァルドは何故だか、ネールが言いたいことが分かるらしいので。やっぱりランヴァルドは不思議な人だ。あと、すごい人でもある！

それから……ネールは予《あらかじ》め書いていった紙を、一枚だけ、出しそびれた。

……だって、ランヴァルドが『俺と一緒に来るか？』と言ってくれたから。

一緒に居たら、また迷惑をかけるかもしれない。ネールのせいで、ランヴァルドがまた、凍えてしまうようなことがあるかも。

……でも、他ならぬランヴァルド自身が、『一緒に来るか？』と言ってくれたから。

だから……『置いていってもいいよ』と書いた紙は、ネールのポケットに入れられて、それきりもう、出てくることが無かったのだ。

これは、ランヴァルドには、秘密。ネールのポケットと心の内にしまったまま、もう二度と出さない言葉だろう。

少なくとも……ランヴァルドが、ネールと一緒に居ようとしてくれる限りは。ずっと。

1巻ご覧いただき
ありがとうございました！
こういうキャラ達
大好物なのでもちもち物質先生と
お声がけしてくれた関係者様
本当にありがとうございます…
ネールかわいいね…
ShouKsm

あとがき

この度は本書をお買い上げいただき誠にありがとうございます。

本作は寒い地域の寒い話となっておりますが、こうしたノルディックなファンタジー世界を書くのは初の試みでした。が、案の定、大変でした。舞台を北の方にしたことを、ちょっと後悔しています。何せ大変なんですよ、元々あまり知らない気候の地域の話を書こうとすると、調べることが多くて多くて……。

固有名詞をつけるために北欧の言語を調べるのも、食生活を調べるのも大変でしたが、何より大変だったのが植生を調べることでした。葡萄《ぶどう》の北限ってどんなもんだ？　とか、そのあたりの地域だと麦って年に何回収穫できる？　とか、そこらへんの地域で秋に花冠を作るとしたら一体何の花で作ることになるの？　とか……。二度目になりますが、ちょっと後悔しています！

そんな中で参考にしたのが某北欧家具屋さんのお食事メニューとかだったりします。もしよろしければ皆さんもどうぞ。

ということで、中々書くのが大変な話ですが、知らないものを調べるのも、書いたことがないものを書くのもまたそれはそれで楽しいので、後悔と同じくらいには満足しています。楽しい。楽しいのは楽しい。大変なのは大変。それはそう。

ところで、本書をカバー買いされました読者諸賢も多いのではないかと思います。だって見てくださいよ、カバーに始まるこのイラスト群。いいよね。あなたのお気に入りはどの一枚でしょうか。当方は当然全部好きなのですが、その中から敢《あ》えて一枚選ぶとしたら花冠のシーンです。いや、全部好きなんですが。それはそうなんですが。

というこでもう当方は高嶋《たかしま》しょあ様に頭が下がります。本当にありがとうございます。大好き！　最高ーッ！　これからもよろしくお願いします！

さて、ここまであとがきを書いてまいりましたが、最後に関係者各位、特に大変お世話になりました編集さんと、イラストをご担当いただきました高嶋しょあ様、そして読者諸賢に心より感謝申し上げますと共に、結びの言葉とさせていただきます。

二巻も出ます。（オーバーラップ様本当にありがとうございます！）ということで今後とも何卒《なにとぞ》、どうぞよろしくお願いします。

ネールがお嬢様の影武者に!?
封印されし伝説の●●に懐かれたり!
ネールが●●をもらったり!
さらにパワーアップしたふたりの冒険譚!

第2巻 鋭意制作中！

クズに金貨と花冠を

ひとりぼっちの最強少女は自称悪徳商人に拾われ幸せになる

Gold coins and a flower crown for the jerk

もちもち物質

illustration/ 高嶋しょあ

頭脳と異能に筋肉で勝利する
デスゲーム1
～頭脳戦に舞い降りた最強のバカ～
著：ももち物質
イラスト：桑島黎音

ZUNOU TO INOU NI
KINNIKU DE
SHOURI SURU
「クズに金貨と花冠を」
著者もちもち物質が贈る
デスゲームの金字塔、
同時発売!!

作品のご感想、ファンレターをお待ちしています

あて先

〒141-0031　東京都品川区西五反田 8-1-5 五反田光和ビル4階
ライトノベル編集部
「もちもち物質」先生係／「高嶋しょあ」先生係

スマホ、PCからWEBアンケートにご協力ください

アンケートにご協力いただいた方には、下記スペシャルコンテンツをプレゼントします。
★本書イラストの「無料壁紙」　★毎月10名様に抽選で「図書カード（1000円分）」

公式HPもしくは左記の二次元コードまたはURLよりアクセスしてください。
▶ **https://over-lap.co.jp/824011527**
※スマートフォンとPCからのアクセスにのみ対応しております。
※サイトへのアクセスや登録時に発生する通信費等はご負担ください。

オーバーラップノベルス公式HP ▶ **https://over-lap.co.jp/lnv/**

クズに金貨と花冠を 1
ひとりぼっちの最強少女は自称悪徳商人に拾われ幸せになる

発行　2025年4月25日　初版第一刷発行

著者　もちもち物質
イラスト　高嶋しょあ
発行者　永田勝治
発行所　株式会社オーバーラップ
〒141-0031
東京都品川区西五反田8-1-5

校正・DTP　株式会社鷗来堂
印刷・製本　大日本印刷株式会社

ISBN 978-4-8240-1152-7 C0093

【オーバーラップ　カスタマーサポート】
電話　03-6219-0850
受付時間　10時～18時（土日祝日をのぞく）

第13回オーバーラップ文庫大賞
原稿募集中！
まだ見ぬ
世界を、
君の手で
【賞金】
大賞…300万円
（3巻刊行確約＋コミカライズ確約）
金賞……100万円
（3巻刊行確約）
銀賞………30万円
（2巻刊行確約）
佳作………10万円
【締め切り】 第1ターン 2025年6月末日 第2ターン 2025年12月末日
各ターンの締め切り後4ヶ月以内に佳作を発表。
通期で佳作に選出された作品の中から、「大賞」、「金賞」、「銀賞」を選出します。
投稿はオンラインで！ 結果も評価シートもサイトをチェック！
https://over-lap.co.jp/bunko/award/
〈オーバーラップ文庫大賞オンライン〉
※最新情報および応募詳細については上記サイトをご覧ください。
※紙での応募受付は行っておりません。
イラスト：KWKM